KB155962

한시로 만나는 제자백가

한시로 만나는 제자백가

남상호 지음

景仁文化社

목 차

退修詩書
孔子年四十三
魯昭公卒定公
立季氏僭公室
陪臣執國命故
孔子不仕退而
修詩書禮樂弟
子彌眾

서 문

大夫師事
孟僖子曰吾聞聖人
之後若不當世必有
達者今孔子年少好
禮其達者與我即歿
汝必師之故孟懿子
與南宮敬叔師事孔
子

필자는 2004년 2월부터 공자의 『논어』를 시작으로 하여 2005년 8월 『오서백일송』을 출판했고, 2006년 8월 『노자81송과 전각』(공저)을 출판했으며, 이제 그들을 포함한 주요 제자백가 11사람의 글을 시문으로 재구성하여 한권의 책으로 출판하는 것이다. 필자는 고전을 한장한장 읽어가면서 한자한자 문자만리장성을 쌓는 기분으로 3년 동안 하루하루 시문을 짓고 다듬었다.

세상은 아름다운 것이다. 아름답지 않은 것이란 아무것도 없다. 반대로 아름답지 않다고 생각할 수도 있지만 그것 역시 아름답다는 것의 또 다른 이해일 뿐이다. 그런 아름다운 세상을 시문화하는 과정에서 가장 중요한 것은 하나의 주제를 설정하는 것이다. 이 책의 시문의 원본은 제자백가서이다. 그래서 시문의 주제 설정은 임의로 할 수 없고, 제자백가 각각의 특징적인 내용을 사용해야 했다.

시어 역시 각각의 고전 속에서 독특한 개념을 발굴하거나 아니면 유사한 개념으로 새로 지었다. 마치 고대 유물을 복원할 때처럼 있는 것은 최대한 살리면서도 새로운 시어를 짓기 위해 한 글자를 취하는 경우가 많았다.

그러나 H_2O가 수소와 산소로 분리될 때 물(水)은 사라지듯이 개념도 두 글자 이하로 분석하면 본의가 상실되는 경우가 많다. 그래서 기존 개념의 사용은 가능한 한 두 글자 정도로 제한하였고, 특이한 개념은 그대로 살리려 했다. 또한 독자의 이해를 돕기 위해 각 시문은 네 글자로 주제를 요약하였다.

이 책은 내용상 관자에서 사마천까지 중요한 7개 학파 11사람의 저술을 7언 절구로 재구성한 것이다. 그 과정에서 필자는 『한서』「예문지」에서 『관자』를 도가에 분류한 것을 관가管家로, 『손자』를 도가에 분류한 것을 병가兵家로, 사마천의 『사기』를 춘추에 분류한 것을 사가史家로 재분류했다. 왜냐하면 주제와 방법으로 볼 때 『관자』는 관리철학, 『손자』는 군사철학, 『사기』는 역사철학으로 분류할 수 있기 때문이다. 그런 주제와 방법은 우리 현실에서도 매우 중요한 것이기 때문에 되살리려는 것이다.

필자는 본문의 편집 순서를 시대 기준으로 하여 제자백가의 최고 선배인 관자를 맨 앞에 두었다. 그러나 선후를 따지기 곤란한 점도 있기 때문에 중간은 유가 · 도가 · 병가 · 묵가 · 법가의 순서로 했으며, 맨 뒤에는 시대적으로 가장 늦은 사마천을 사가史家로 분류하여 배치했다.

필자가 이 책을 지은 목적은 독자들에게 제자백가에 대한 정보 전달보다는 새로운 철학 사상이나 아이디어를 시적 상상으로 할 수 있도록 하는 데 있다. 새로운 것을 추구하는 경우 상상은 지식보다 광활하고, 시적 상상은 그 어떤 상상보다도 무한하기 때문이다. 그런 상상은 무엇을 어떻게 하든지 전적으로 독자들의 몫이기 때문에 정보 취득보다는 시적 상상에 중점을 두어 달라는 부탁을 드린다.

이 책이 나오기까지 많은 분들께서 도움을 주셨다. 중천中天 김충열金忠烈 선생님, 행원杏園 윤경혁尹庚爀 선생님께서 시를 가르쳐 주셨고, 아내 김정선과 딸 아영이는 한자한자 교정과 윤문을 도와주었다. 몇 권씩이나 책을 내주신 경인문화사 한정희 사장님과 편집과 교정에 애써주신 신학태 부장님과 김경주 씨에게 깊은 감사를 드린다.

2007년 2월 9일

국사봉 자락에서

남상호 自序

제자백가 삼백수

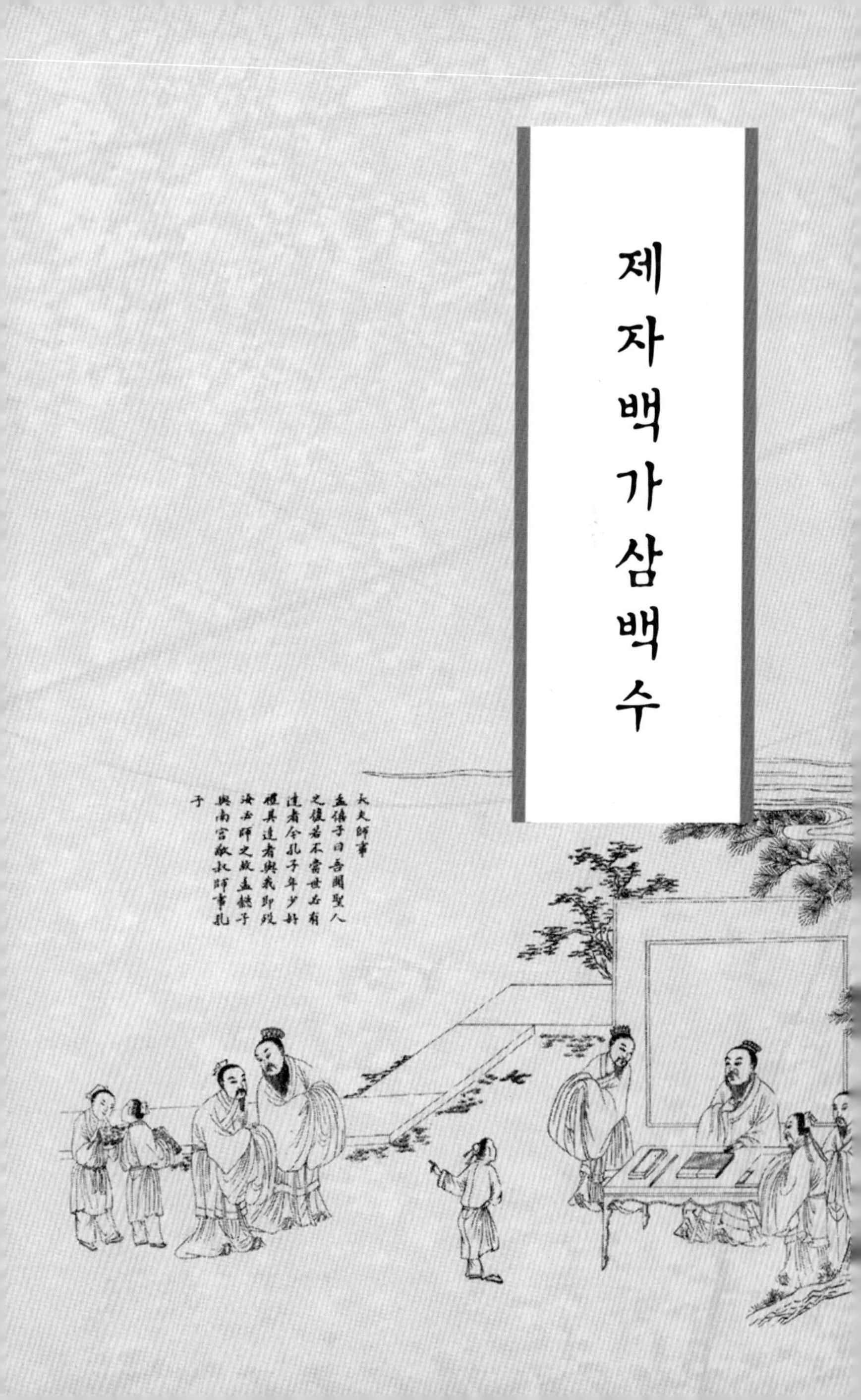
大夫師事
孟僖子曰吾聞聖人
之後若不當世必有
達者今孔子年少好
禮其達者與我即歿
汝必師之敬孟懿子
與南宮敬叔師事孔
子

1. 관 자

관자管子(약B.C.725~645)의 성은 관管이고, 이름은 이오夷吾이며, 자字는 중仲이다. 그는 제나라 환공(桓公, 재위B.C.685~642)때의 정치가이다. 역사상 관포지교管鮑之交로 유명한 그는 주군으로 모시던 공자公子 규糾가 권력 다툼에서 죽자, 그의 동생이자 정적이었던 소백(小白, 즉 환공)을 임금으로 모시고 40여년간 제나라 재상을 지낸 사람이다.

관자와 그의 후학들의 저술이라는 『관자』는 모두 86편인데 그 중 10편은 산실되고 76편만 전해온다. 그 가운데 경언經言 9편(「목민」, 「형세」, 「권수」, 「입정」, 「승마」, 「칠법」, 「판법」, 「유관」, 「유관도」)은 일반적으로 관자의 저작이라고 본다. 나머지 부분은 후세 사람들이 추가한 글이라 하는데, 그 내용이 경언 9편과 유사하다. 그래서 『관자』 76편은 관자와 그의 후학들의 경세서經世書이므로 관가管家라는 이름으로 총괄할 수 있다.

『논어』 「헌문」에서 "관중이 환공을 도와 제후의 패자가 되어 한번 천하를 바로 잡아 백성들이 지금까지 그 혜택을 보고 있다. 관중이 없었다면 우리는 머리를 풀어헤치고 옷깃을 왼쪽으로 하는 오랑캐가 되었을 것이다. 어찌 필부필부의 작은 신의를 위해 도랑에서 스스로 목매 죽어 아는 이 없는 것과 같게 하겠는가?"라고 하였다. 관자의 주요 목표는 첫 편의 「목민」이란 이름처럼 백성 먹여 살리는 것을 최우선으로 하였다. 그런 『관자』를 『한서』「예문지」에서는 도가에 분류하였고, 『수서』「경적지」에서는 법가에 분류하였다. 관자가 제자백가의 제일 선배인데도 후배들의 분류에 귀속시킨다는 것은 이해하기 어렵다. 특히 『관자』는 관자가 40여년간 환공을 도와 국가를 경영한 최고 정치가로서 얻은 지혜인데 학술적으로 대접받지 못한 것은 안타까운 일이다. 그래서 필자는 관자의 관리철학적 성격을 살려 관가管家라고 이름 붙였다. 마침 그의 성 역시 관管이기 때문에 관가라는 이름이 적당하다.

본문에서는 『관자』가 관자 자신의 글인지 여부와 상관없이 현존하는 76편중 시문으로 정리 가능한 것 53편만을 선정하였다. 그 중에는 상하편으로 된 것은 하나의 주제로 통합하였고,

아예 제외한 것은 그 내용상 주제를 다른 것과 차별화하기 어려운 것이다. 각 편의 편집은 원전의 순서에 입각하였다.

주요 개념어 :
四維(禮義廉恥), 牧民, 天道, 大匡, 覇王(豊國之謂覇, 兼正之國之謂王), 本紀, 心術, 五行, 天極, 正士, 國蓄

1. 牧民 : 足食知禮 족식지례
의식이 족하면 예절을 안다.

2. 形勢 : 山高水深 산고수심
산은 높고 물은 깊어야 한다.

3. 權修 : 輕本傾國 경본경국
근본을 가벼이 여기면 국가를 위태롭게 한다.

4. 立政 : 正命立政 정명입정
명령이 바르면 정치가 바로 선다.

5. 乘馬 : 乘勢運中 승세운중
시세를 따라 중용을 운용한다.

6. 七法 : 以小制大 이소제대
작은 것으로 큰 것을 제재한다.

7. 版法 : 公正貢賦 공정공부
세금을 공정하게 하면 나라가 다스려진다.

8. 幼官 : 中道安生 중도안생
도리에 맞게 하면 백성의 삶이 편안해진다.

9. 五輔 : 分職等位 분직등위
업무를 나누고 지위에 차등을 두어 신분을 구분한다.

10. 宙合 : 適時變通 적시변통
때에 맞게 변통해야 한다.

11. 樞言 : 天周人當 천주인당
  천도는 두루 통하고 인도는 어디서든지 타당하다.

12. 八觀 : 觀本知末 관본지말
  근본을 살펴보면 말단을 알 수 있다.

13. 法禁 : 懸法垂德 현법수덕
  법을 공포하여 만민이 알게 하되 덕을 베풀어야 한다.

14. 重令 : 令重君尊 영중군존
  명령이 존중되면 임금이 존귀해진다.

15. 法法 : 立中明政 입중명정
  중용의 도를 세워 바른 정치를 행한다.

16. 兵法 : 和情合利 화정합리
  인정을 화합시키고 이해관계에 적당하게 한다.

17. 大匡 : 中正外直 중정외직
  선비는 마음을 바르게 하고 언행을 곧게 해야 한다.

18. 中匡 : 先愛後罰 선애후벌
  먼저 사랑하되 그래도 안 되면 벌을 준다.

19. 小匡 : 施愛使衆 시애사중
  백성을 사랑으로 부린다.

20. 霸形 : 靖國安民 정국안민
  정치의 목표는 백성을 편안히 하는 데 있다.

21. 霸言 : 天理地則 천리지칙
하늘의 이치는 만물의 법칙이다.

22. 問 : 知當行常 지당행상
정치의 근본은 당연한 도리를 알고 변함없이 행하는 것이다.

23. 戒 : 失中不通 실중불통
중용의 도를 잃으면 세상에 통하지 않는다.

24. 地圖 : 和兵知敵 화병지적
군대를 화합시키고 적의 의중을 알아야 한다.

25. 參患 : 論兵先器 논병선기
군대를 논함에는 반드시 무기를 먼저 논해야 한다.

26. 制分 : 按分制世 안분제세
직분을 안배하여 천하를 제압한다.

27. 君臣(上下) : 上德下義 상덕하의
임금은 덕을 닦고 신하는 절의를 지킨다.

28. 小稱 : 山玉淵珠 산옥연주
백성은 산속의 옥과 물속의 진주처럼 임금의 음덕을 안다.

29. 四稱 : 有道無亂 유도무란
군신이 도를 지키면 국가에 혼란이 없다.

30. 侈靡 : 貴穀賤寶 귀곡천보
현인은 곡식을 귀하게 여기고 보물을 천하게 여긴다.

31. 心術(上下) : 正德通極 정덕통극
마음은 덕을 바르게 하고 천지만물을 안다.

32. 白心 : 宗靜寶時 종정보시
생각은 고요하게 하고 일은 때에 맞게 함을 중시한다.

33. 水地 : 淸水精地 청수정지
물은 맑고 땅은 깨끗해야 만물이 건강하다.

34. 四時 : 適時發令 적시발령
때에 알맞게 정치를 해야 한다.

35. 五行 : 經氣緯事 경기위사
음양오행의 기를 기준으로 인간사를 영위한다.

36. 勢 : 不動制動 부동제동
움직이지 않는 것이 움직이는 것을 멈추게 한다.

37. 正 : 正名平衡 정명평형
명분이 바로 서면 정치가 바로 선다.

38. 九變 : 民安國勝 민안국승
백성의 의식이 족한 국가가 승리한다.

39. 任法 : 任法棄智 임법기지
성군은 정치를 법에 맡기지 지혜에 맡기지 않는다.

40. 明法 : 共道致亂 공도치란
신하가 임금처럼 하면 국가가 혼란해진다.

41. 正世 : 奉法守職 봉법수직
법을 받들어 직책을 수행해야 세상이 바로 된다.

42. 治國 : 富民易治 부민이치
백성이 부유해지면 다스리기 쉽다.

43. 內業 : 安心正體 안심정체
마음과 몸을 바르게 하면 천덕을 온전히 지킬 수 있다.

44. 封禪 : 封天禪地 봉천선지
천명을 받은 임금이라야 천지에 제를 올릴 수 있다.

45. 小問 : 率先牧民 솔선목민
솔선수범하여 백성을 이끈다.

46. 七臣七主 : 失轡馬亂 실비마란
군주가 실권을 잃으면 백성이 날뛴다.

47. 禁藏 : 先內後外 선내후외
먼저 근본을 힘쓰고 말단을 나중에 한다.

48. 入國 : 天福地祉 천복지지
정치는 불쌍한 백성을 보살펴 주어야 한다.

49. 九守 : 守本治末 수본치말
근본을 지켜 말단을 다스린다.

50. 桓公問 : 民惡君戒 민오군계
백성들이 싫어하는 것은 임금이 경계해야 한다.

51. 度地 : 山扞水潤 산한수윤

왕궁은 산이 바람을 막아주고 물이 충분한 곳이어야 한다.

52. 國蓄 : 守財御民 수재어민

식량을 관리하여 백성을 다스린다.

53. 揆度 : 失機亡國 실기망국

음양오행의 작용을 따르지 못하면 국가가 망한다.

1. **牧民** 목민

足食知禮 족식지례

의식이 족하면 예절을 안다.

循時稼穡充倉穴 순시가색충창혈

積貨豊民知禮節 적화풍민지예절

逸樂平安政治興 일락평안정치흥

倫亡道絶國家滅 윤망도절국가멸

때에 맞게 농사지으면 창고가 가득하고

배불리 먹이면 예절을 안다

백성이 즐겁고 편안하면 정치가 흥성하고

예의염치 네 윤리질서가 무너지면 국가가 멸망한다

2. 形勢 형세

山高水深 산고수심

산은 높고 물이 깊어야 한다.

蛟龍淺水未神飛 교룡천수미신비

主柄無臣不可威 주병무신불가위

治政宗公叢信望 치정종공총신망

豪民自進相馳歸 호민자진상치귀

용은 물이 없으면 신묘한 변화를 할 수 없고

군주는 신하가 없으면 정치할 수 없다

공적인 것을 우선으로 정치하면 백성의 신망을 모으고

힘 있는 백성들이 스스로 경쟁하며 참여한다

3. **權修** 권수

輕本傾國 경본경국

근본을 가벼이 여기면 국가를 위태롭게 한다.

厚禮寬親得服行 후례관친득복행

輕恩重罰失民情 경은중벌실민정

務農治國經天下 무농치국경천하

本末昏迷社稷傾 본말혼미사직경

예를 후하게 하고 친근하게 하면 백성들이 복종하나

상을 가볍게 하고 벌을 무겁게 하면 민심을 잃는다

농사에 힘써 나라를 다스리면 천하를 경영할 수 있는데

근본과 말단이 분명하지 않으면 나라가 위험하다

4. 立政 입정

正命立政 정명입정

명령이 바르면 정치가 바로 선다.

存生滿腹無廉行 존생만복무염행

兼愛非攻不受命 겸애비공불수명

修德不仁不授官 수덕불인불수관

見賢不敬不謀政 견현불경불모정

생명을 보전하려 배만 채우면 염치가 없게 되고

겸애를 주장하여 전쟁에 반대하면 명령을 받들지 않는다

덕을 닦았어도 어질지 못하면 벼슬을 내리지 않고

어진이를 보고도 공경하지 않으면 정치를 함께 하지 않는다

5. 乘馬 승마

乘勢運中 승세운중

시세를 따라 중용을 운용한다.

地政均調財貨滿 지정균조재화만

朝廷整列人民判 조정정렬인민판

金尊貨賤伴時移 금존화천반시이

察市觀場知治亂 찰시관장지치란

토지 정책을 고루 잘 펴야 재화가 많아지고

조정의 벼슬에 서열이 서야 사농공상이 구별된다

돈이 귀하고 상품이 싼 것은 시세에 따르니

시장을 살피면 세상을 알 수 있다

6. 七法 칠법

以小制大 이소제대

작은 것으로 큰 것을 제재한다.

征邪伐惡謀兵力 정사벌악모병력

制少威多懷萬國 제소위다회만국

不義無仁不服人 불의무인불복인

天時地利何如德 천시지리하여덕

전쟁을 하는 것은 병력을 철저히 계산해야 하나

소수의 나라를 제압하여 많은 나라에 위엄을 보이면 만국을 품을 수 있다

정의롭지 않거나 어질지 못하면 사람들이 따르지 않으니

하늘의 때와 땅의 이로움이 어찌 덕 만 하겠는가

7. 版法 판법

公正貢賦 공정공부

세금을 공정하게 하면 나라가 다스려진다.

處事從天盡國王 처사종천진국왕

稅金高下得宜當 세금고하득의당

萬民同利無私德 만민동리무사덕

正法齊規立經常 정법제규입경상

일 처리는 천도에 따라 임금의 역할을 다하고

세금의 많고 적음은 마땅하게 한다

만민이 이익을 같이 하여 사사로움이 없고

법규를 바르게 하여 정도를 세운다

8. 幼官 유관

中道安生 중도안생

도리에 맞게 하면 백성의 삶이 편안해진다.

四時中節物無違 사시중절물무위

道德通常民適歸 도덕통상민적귀

失義亡仁天下亂 실의망인천하란

觀天察地審幾微 관천찰지심기미

사계절이 때에 맞으면 만물이 잘 자라고

도덕이 불변의 도에 맞으면 백성이 돌아온다

인의를 잃으면 천하가 혼란해지니

천지를 관찰하고 기미를 살핀다

9. 五輔 오보

分職等位 분직등위

업무를 나누고 지위에 차등을 두어 신분을 구분한다.

寬生厚政興仁德 관생후정흥인덕

孝悌和殊成義則 효제화수성의칙

貴賤分差立禮臺 귀천분차입예대

聖王大業充民食 성왕대업충민식

민생을 챙기고 정치를 관대하게 하면 인덕이 일어나고

효제충신으로 화합하면 정의가 바로 선다

귀천에 구분이 있으면 예의가 바로 서고

성왕의 가장 큰 임무는 백성 먹여 살리는 것을 충실히 하는 것이다

10. 宙合 주합

適時變通 적시변통

때에 맞게 변통해야 한다.

鳥遡魚遊不直致 조소어유부직치

聖人權道參天地 성인권도참천지

旁通遍達得公平 방통편달득공평

不妄無邪施正治 불망무사시정치

새나 물고기가 일직선으로 가지 않듯

성인은 도를 변통하여 천지 변화에 참여한다

천지에 두루 통하니 공평해지고

망녕되지도 사악하지도 않으니 바르게 다스려진다

11. 樞言 추언

天周人當 천주인당

천도는 두루 통하고 인도는 어디서든지 타당하다.

回春蠢動順天行 회춘준동순천행

治國安民軌正名 치국안민궤정명

盛德尊仁充富貴 성덕존인충부귀

當刑適賞制人情 당형적상제인정

봄이 돌아와 만물이 생겨나는 것은 천도를 따르고

나라를 다스리는 것은 바른 명분을 따른다

인덕을 높이어 부귀를 충만하게 하고

상벌을 적당히 하여 민심을 다스린다

12. 八觀 팔관

觀本知末 관본지말

근본을 살펴보면 말단을 알 수 있다.

査耕計穡知飢飽 사경계색지기포

視室觀車知侈儉 시실관거지치검

見俗聞言知亂平 견속문언지란평

閱兵察士知安險 열병찰사지안험

농사짓는 것을 보면 굶주릴지 배부를지 알 수 있고

궁궐과 거마를 보면 사치한지 검소한지 알 수 있다

풍속을 보고 말을 들어보면 세상을 알 수 있고

병사를 검열하면 안위를 알 수 있다

13. 法禁 법금

懸法垂德 현법수덕

법을 공포하여 만민이 알게 하되 덕을 베풀어야 한다.

布法行刑示主勒 포법행형시주륵

施恩賜惠垂君德 시은사혜수군덕

除私去僻立公共 제사거벽입공공

抑恥揚仁忠社稷 억치양인충사직

법을 시행하여 형벌을 내리는 것은 임금의 권력을 보여주는 것이고

은혜를 베푸는 것은 임금의 덕을 보여주는 것이다

사벽한 것을 금하는 것은 바른 도리를 세우고

부끄러운 일을 못하게 하고 인을 행하게 함은 사직에 충성하는 것이다

14. 重令 중령

令重君尊 영중군존

명령이 존중되면 임금이 존귀해진다.

嚴刑酷罰因輕命 엄형혹벌인경명

靖國尊君根重令 정국존군근중령

犯禁蒙恩曷足威 범금몽은갈족위

無功有富何爲正 무공유부하위정

엄한 형벌은 명령을 가볍게 여기기 때문이고
나라가 다스려지고 임금이 존귀한 것은 명령을 중히 하기 때문이다
위법한 행위를 했는데도 봐준다면 어떻게 백성에게 권위가 서며
공이 없는 사람이 부귀를 누린다면 어떻게 백성에게 바르게 하라 하겠는가?

15. 法法 법법

立中明政 입중명정

중용의 도를 세워 바른 정치를 행한다.

法法遵規行約束 법법준규행약속

成儀定禮薰風俗 성의정례훈풍속

崇公奉道有賢人 숭공봉도유현인

度義叢財無過欲 탁의총재무과욕

법규에 따라 약속이 지켜지고

의례를 정하여 풍속을 선도한다

군주가 나라를 사사로운 것으로 여기지 않으면 현인이 찾아들고

정의롭게 재물을 취하면 과욕이 없어진다

16. 兵法 병법

和情合利 화정합리

인정을 화합시키고 이해관계에 적당하게 한다.

道德圓通法聖王 도덕원통법성왕
紛爭獲地本民生 분쟁획지본민생
因便準利施宜令 인편준리시의령
合意和情擧將兵 합의화정거장병

도덕이 하나로 통하는 것은 성왕에서 나오고
전쟁으로 땅을 빼앗는 것은 민생을 기초로 이루어진다
민생의 편리함을 따라 마땅한 명령을 내리고
백성이 화합하여 하나 될 때 거병을 하는 것이다

17. 大匡 대광

中正外直 중정외직

선비는 마음을 바르게 하고 언행을 곧게 해야 한다.

獻命從君亦節義 헌명종군역절의

存身報國亦忠吏 존신보국역충리

大匡至正難知宜 대광지정난지의

武力權威難得意 무력권위난득의

목숨 바쳐 임금을 따르는 것도 절의를 지키는 것이고

죽지 않고 나라에 보답하는 것도 충성스런 관리이다

지극히 정의로운 것은 그 타당함을 알기 어렵고

무력이나 권위로는 그 뜻을 얻기 어렵다

18. 中匡 중광

先愛後罰 선애후벌

먼저 사랑하되 그래도 안 되면 벌을 준다.

討敵攻讐先愛員 토적공수선애원

行刑罰惡先崇賢 행형벌악선숭현

修身治國才民信 수신치국재민신

睦里親隣才國堅 목리친린재국견

적을 공격하고 토벌하기 전에 아군을 사랑하고

형벌을 가하기 전에 먼저 어진이를 등용해야 한다

행실을 바로 하고 나라를 다스려야 백성이 믿고

이웃간에 화목해야 국가가 건실해진다

19. 小匡 소광

施愛使衆 시애사중
백성을 사랑으로 부린다.

藏財養產思常用 장재양산사상용
尙力崇賢知侍從 상력숭현지시종
適法當刑濟萬民 적법당형제만민
虛言必信行天統 허언필신행천통

재물을 저장하고 생산을 장려함은 늘 쓸 수 있음을 알게 하고
힘과 지혜를 숭상하는 것은 받드는 것을 알게 한다
적절한 법과 형벌은 만민을 구제하고
빈말도 반드시 믿게 하여 자연의 섭리를 따른다

20. 霸形 패형

靖國安民 정국안민

정치의 목표는 백성을 편안히 하는 데 있다.

齊家霸國本民安 제가패국본민안

減稅輕刑緩勞酸 감세경형완노산

富國强兵非幹事 부국강병비간사

親交睦禮可相歡 친교목례가상환

가정과 나라를 거느리는 것은 사람을 평안히 하는 데 있으니

세금을 줄여주고 형벌을 감해주며 노고를 풀어주어야 한다

부국강병이 능사가 아니고

친하게 사귀고 예로써 화목하면 서로 즐거울 수 있는 것이다

21. 霸言 패언

天理地則 천리지칙

하늘의 이치는 만물의 법칙이다.

宗天法地列諸侯 종천법지열제후

合道同心不取矛 합도동심불취모

大德輔時存萬物 대덕보시존만물

明王正理濟民憂 명왕정리제민우

천지를 받들어 제후의 질서를 잡고

도와 덕을 같이 하면 정벌하지 않는다

성왕의 큰 덕은 때를 도와 만물을 살리고

지혜로운 임금은 도리를 바로잡아 백성의 걱정을 해소한다

22. 問 문

知當行常 지당행상

정치의 근본은 당연한 도리를 알고 변함없이 행하는 것이다.

慈民授事觀常務 자민수사관상무

問政施行察制度 문정시행찰제도

保國遵宗守愼謀 보국준종수신모

明當正道除邪惡 명당정도제사악

백성을 사랑하여 일을 시킬 때는 힘쓸 일을 살피고

정치를 묻고 행함에는 제도를 살펴야 한다

나라를 지키고 조상을 따름은 신중하게 행하고

당연함을 밝히고 도리를 바로 하여 사악함을 제거해야 한다

23. 戒 계

失中不通 실중불통

중용의 도를 잃으면 세상에 통하지 않는다.

通全貫末知窮綜 통전관말지궁종

的中成功知大用 적중성공지대용

博學無修致辟邪 박학무수치벽사

多言有過招爭訟 다언유과초쟁송

사물 전체와 관통하는 것은 도를 아는 것이고

이치에 적중하여 공을 이루는 것은 그 활용을 아는 것이다

학문이 넓어도 수신하지 않으면 사악해질 수 있고

말이 많아 실언을 하면 싸움을 할 수 있다

24. 地圖 지도

和兵知敵 화병지적

군대를 화합시키고 적의 의중을 알아야 한다.

君賢士智和兵能 군현사지화병능

熟地知火識意膺 숙지지화식의응

攻伐興亡不可議 공벌흥망불가의

家財個貨納求徵 가재개화납구징

임금이 현명하고 관리가 지혜로우며 군대의 힘이 조화를 이루어야 하고

지리에 익숙하고 화력을 알며 적의 의중을 알아야 한다

백성은 전쟁의 승패에 대해서 논의해서는 안되며

개인의 재산도 국가 징발에 응해야 한다

25. 參患 참환

論兵先器 논병선기

군대를 논함에는 반드시 무기를 먼저 논해야 한다.

伐暴誅邪保國民 벌폭주사보국민

三驚一至守兵倫 삼경일지수병륜

天時地利和謀計 천시지리화모계

德將明王不戰馴 덕장명왕부전순

폭도를 토벌하고 사악한 자를 처단하는 것은 백성을 보호하기 위함이고

세 번 경고하고 한번 치는 것은 용병의 도리를 지키는 것이다

하늘의 때와 땅의 이로움은 전략과 조화를 이루니

덕이 있는 장수와 현명한 군주는 전쟁을 준비하지 않는다

26. 制分 제분

按分制世 안분제세

직분을 안배하여 천하를 제압한다.

馴兵驅駕攻金寶 순병구가공금보

備器深池關壘堡 비기심지관루보

有目無溝善用兵 유목무구선용병

安家富國知宜道 안가부국지의도

전쟁을 좋아하는 군주는 군대를 훈련하여 보물을 공략하므로

무기를 준비하고 진지를 구축하며 성문을 굳게 닫는 것이다

깨어 있어 군비가 필요 없는 것은 용병을 잘하는 것이고

국가가 평안하고 부유한 것은 마땅한 도를 잘 알고 있기 때문이다

27. 君臣(上下) 군신(상하)

上德下義 상덕하의

임금은 덕을 닦고 신하는 절의를 지킨다.

天行不一人窮塞 천행불일인궁색

主道無明臣困惑 주도무명신곤혹

務德成常下一通 무덕성상하일통

專心盡力尊任職 전심진력존임직

하늘의 운행이 한결같지 않으면 사람의 삶이 궁색해지고

임금의 도가 불분명하면 신하가 곤혹스럽다

임금이 덕을 쌓아 한결같아지면 아랫사람은 하나가 되고

신하는 몸과 마음을 다해 책무를 받든다

28. 小稱 소칭

山玉淵珠 산옥연주

백성은 산속의 옥과 물속의 진주를 찾아내듯 임금의 음덕을 알아낸다.

聖主明王畏百姓 성주명왕외백성

修心積德憂違正 수심적덕우위정

珍財貴物返人民 진재귀물반인민

有過無宜歸己行 유과무의귀기행

훌륭한 임금은 백성을 두려워하여

마음을 닦고 덕을 쌓으면서 도를 위반할까 염려한다

좋은 재물은 백성들에게 돌아가게 하고

잘못은 모두 자기 책임으로 돌린다

29. 四稱 사칭

有道無亂 유도무란

군신이 도를 지키면 국가에 혼란이 없다.

敬聖尊賢揚善德 경성존현양선덕

家齊國節從常式 가제국절종상식

高宮大室起狂情 고궁대실기광정

志士良臣蓋諫慝 지사양신개간특

도가 있는 임금은 성현을 존경하여 선덕을 드러내고

도가 있는 신하는 가정과 국가를 안정시키며 도를 따른다

거대한 궁궐은 임금을 미치광이로 만드니

뜻있는 선비나 관리가 어찌 사특함을 간언하지 않으랴

30. 侈靡 치미

貴穀賤寶 귀곡천보

현인은 곡식을 귀하게 여기고 보물을 천하게 여긴다.

尊天配地資威貌 존천배지자위모

重粟輕珠施政敎 중속경주시정교

守法違情失萬民 수법위정실만민

恭親敬禮生神效 공친경례생신효

천지를 본받아 위엄을 갖추고

실질을 중시하고 허상을 가벼이 여기면 정치와 교육이

이뤄진다

법을 지키나 실정에 위배되면 민심을 잃고

부모를 공경하고 예를 지키면 신기한 효과가 일어난다

31. **心術**(上下) 심술(상하)

正德通極 정덕통극

마음은 덕을 바르게 하고 천지만물을 안다.

當心主體知精德 당심주체지정덕

察地觀天通四極 찰지관천통사극

一事千應智不亡 일사천응지불망

權名紀物思無惑 권명기물사무혹

심신의 중심을 잡아 바른 덕을 알고

천지를 살펴 우주에 통한다

하나의 사물을 천만가지로 쓸 줄 알면 지혜가 마르지 않고

사물의 이름으로 만물을 정리하면 생각이 혼란스럽지 않다

32. **白心** 백심

宗靜寶時 종정보시

생각은 고요하게 하고 일은 때에 맞게 함을 중시한다.

明形照色定參差 명형조색정참치

度理思情制政儀 탁리사정제정의

立法成名民自治 입법성명민자치

通常貫道主時宜 통상관도주시의

사물을 모양에 따라 구분을 하고

이치와 사정을 살펴 정치 제도를 만든다

제도를 만들고 명분이 바로 서면 백성이 스스로 살아가고

도가 통하면 임금은 시의적절하게 정치를 행한다

33. **水地** 수지

清水精地 청수정지

물은 맑고 땅은 깨끗해야 만물이 건강하다.

萬物生生根大地 만물생생근대지

賢愚美惡從元氣 현우미악종원기

渾淆濁重出愚癡 혼효탁중출우치

淡泊淸精生俊毅 담박청정생준의

만물은 대지에 뿌리를 박고 살아가는데

현명함과 어리석음 아름다움과 추함은 그 원기로부터

비롯되기 때문이다

뒤섞여 흐린 물은 어리석은 사람을 태어나게 하고

깨끗한 물은 훌륭한 사람을 태어나게 한다

34. 四時 사시

適時發令 적시발령

때에 알맞게 정치를 해야 한다.

遵天守地配陰陽 준천수지배음양

適變應通順四常 적변응통순사상

出令成分從五氣 출령성분종오기

當刑正德立中央 당형정덕입중앙

천지의 도를 지킴은 음양에 따르고

변화에 적응함은 사계절의 변화에 따른다

임금이 명령하여 그 직분을 완성함은 오행을 따르고

정당한 형벌과 덕은 근본을 세운다

35. 五行 오행

經氣緯事 경기위사

음양오행의 기를 기준으로 인간사를 영위한다.

人倫地理同天道 인륜지리동천도

上下陰陽開萬造 상하음양개만조

五氣循行總物情 오기순행총물정

通時合節宗安保 통시합절종안보

인륜이나 땅의 이치는 천도와 같고

천지 음양이 수많은 조화를 일으킨다

오행의 기운이 순행하여 만물을 총괄하니

시절에 알맞게 함은 생명을 안전하게 보호하려 함이다

36. 勢 세

不動制動 부동제동

움직이지 않는 것이 움직이는 것을 멈추게 한다.

無爲制動覇爭衡 무위제동패쟁형

振靜搖中敗起兵 진정요중패기병

命令和天同地極 명령화천동지극

仁慈德惠合人情 인자덕혜합인정

무위하여 중심을 안정시키면 천하를 제패하고

동요하여 중심이 흔들리면 전쟁에서 진다

명령하는 것은 천지음양의 도에 맞게 하고

은혜를 베푸는 것은 인간 세상의 형편에 맞게 한다

37. 正 정

正名平衡 정명평형

명분이 바로 서면 정치가 바로 선다.

正令當刑遵政法 정령당형준정법

和時合道同衡洽 화시합도동형흡

離常失德敗生存 이상실덕패생존

守愼無私何有押 수신무사하유갑

합당한 명령과 형벌은 정법을 따르게 하고

때와 도리에 맞으면 균형 있게 화합한다

도에 어긋나고 덕을 잃으면 생존할 수 없으니

조심하고 사심이 없으니 어찌 단속함이 있으랴

38. **九變** 구변

民安國勝 민안국승

백성의 의식이 족한 국가가 승리한다.

人情動變歸衣食 인정동변귀의식

鬪戰爭存踰道德 투전쟁존유도덕

處樂居安有九方 처락거안유구방

民生國勝無相忒 민생국승무상특

인정이 변동하는 것은 의식으로 귀착되고

전쟁을 하여 생존을 다투는 것은 도덕을 무시한다

안락하게 사는 아홉 가지 방법은

백성이 살고 국가가 승리하는 데 서로 어긋나지 않는다

39. 任法 임법

任法棄智 임법기지

성군은 정치를 법에 맡기지 지혜에 맡기지 않는다.

任法從公安大國 임법종공안대국

離中脫道淪迷惑 이중탈도윤미혹

君臣上下法無私 군신상하법무사

作禮行仁由一則 작례행인유일칙

법에 맡겨 공평한 도리에 따르면 큰 나라를 안정시킬 수 있지만

중용의 도를 이탈하면 미혹에 빠진다

군신상하가 무사함을 본받아

예를 만들고 인을 행하는 것은 하나의 법에서 나오게 한다

40. 明法 명법

共道致亂 공도치란

신하가 임금처럼 하면 국가가 혼란해진다.

主道分明上下亨 주도분명상하형

臣權歪曲塞民情 신권왜곡색민정

均衡準法稽公務 균형준법계공무

制政無爲自治成 제정무위자치성

군주의 도가 분명하면 군신 상하가 서로 통하나

신하가 권세를 부리면 백성들의 사정을 알 수 없다

법에 맞게 공무를 헤아리면

군주가 힘쓰지 않아도 제도에 의해 나라는 저절로

다스려진다.

41. 正世 정세

奉法守職 봉법수직

법을 받들어 직책을 수행해야 세상이 바로 된다.

行私犯禁亡公利 행사범금망공리

守職明分生正治 수직명분생정치

薄賞嚴刑不得從 박상엄형부득종

符心合道人民至 부심합도인민지

개인 이익을 위해 법을 어기면 공공의 이익을 해치나

직분을 지키면 바른 정치가 이뤄진다

상을 박하게 주고 벌을 엄하게 하면 따르지 않으나

민심과 도리에 맞게 행하면 백성이 몰려든다

42. 治國 치국

富民易治 부민이치

백성이 부유해지면 다스리기 쉽다.

定住開田務食糧 정주개전무식량

豊米足粟防流浪 풍미족속방유랑

安鄕寧國由倉廩 안향녕국유창름

立禮移風化鄙荒 입례이풍화비황

정착하고 농사지어 먹을 것에 힘쓰면

식량이 풍부하여 유랑민이 없게 된다

고향과 조국을 편안히 하는 것은 먹고 사는 것에서

비롯되니

예를 세워 풍속을 바꾸고 비속함을 교화한다

43. 內業 내업

安心正體 안심정체

마음을 편안히 하고 몸을 바르게 하면 천덕을 온전히 지킬 수 있다.

至氣純精生物極 지기순정생물극

安心敬意成仁德 안심경의성인덕

寬舒固密守中全 관서고밀수중전

正體和形何外忒 정체화형하외특

지극히 순수한 정기는 만물의 이치를 낳으니

마음을 편안히 하고 공경하면 어진 덕을 이룬다

편안하면서 빈틈없이 하면 마음을 온전히 지킬 수 있고

몸을 바르고 조화롭게 하면 어떻게 내외가 어긋나겠는가?

44. 封禪 봉선

封天禪地 봉천선지

천명을 받은 임금이라야 천지에 제를 올릴 수 있다.

人君受命祭天地 인군수명제천지

與帝禪山多有異 여제선산다유이

各代封天在泰山 각대봉천재태산

麒麟不至如何備 기린부지여하비

임금이 천명을 받으면 천지에 제사를 올리는데

땅에 지내는 제사는 임금에 따라 다른 적이 많다

하늘에 지내는 제사는 모두 태산이었으나

천명을 받지 못한 환공은 어떻게 제를 올릴까?

45. 小問 소문

率先牧民 솔선목민

솔선수범하여 백성을 이끈다.

治亂昏明靠正名 치란혼명고정명

安家富國準時營 안가부국준시영

深仁廣義民懷德 심인광의민회덕

君主先行得衆情 군주선행득중정

세상 다스림은 신하들의 직분을 분명히 하는 것에 달려 있고

가정을 편안히 하고 국가를 부강하게 하는 것은 계절에 맞게 농사짓는 데 있다

인의를 크게 베풀면 백성들이 감동하고

임금이 솔선수범하면 민심을 얻는다

46. 七臣七主 칠신칠주

失轡馬亂 실비마란

군주가 실권을 잃으면 백성이 날뛴다.

一國存亡靠主資 일국존망고주자

人君治亂在心思 인군치란재심사

揮刀拍劍民輕死 휘도박검민경사

重罰繁刑世陷危 중벌번형세함위

한 나라의 존망은 임금의 자질에 달려 있고

임금이 잘 다스리고 못 다스림은 그의 생각에 달려 있다

무술을 숭상하면 백성이 죽음을 가벼이 생각하고

처벌을 강화하면 세상이 위험에 빠진다

47. **禁藏** 금장

先內後外 선내후외

먼저 근본을 힘쓰고 말단을 나중에 한다.

行倫禁惡藏胸裏 행륜금악장흉리

舌禍論難避萬里 설화논난피만리

奉本從時足食衣 봉본종시족식의

人情見利知廉恥 인정견리지염치

윤리를 행하고 악을 금하는 마음을 가슴속에 간직하면

언행의 실수는 천만리 멀어진다

근본을 힘쓰고 때에 맞게 농사지으면 의식이 족하니

이익을 취하더라도 염치를 알게 된다

48. 入國 입국

天福地祉 천복지지

정치는 불쌍한 백성을 보살펴 주어야 한다.

老老慈孩懷瞽啞 노노자해회고아

通窮養疾逢鰥寡 통궁양질봉환과

賢君祉政可豊餘 현군지정가풍여

愚衆飢薰難免野 우중기훈난면야

노인을 대접하고 어린이를 사랑하며 소경과 벙어리를 어여삐 보살피고

곤궁하면 도와주고 병이 나면 치료해주며 홀아비 과부의 짝을 찾아주어야 한다

현명한 임금의 복지 정치는 백성들을 여유 있게 해줄 수 있으나

부족한 교육은 백성의 어리석음을 면하기 어렵다

49. 九守 구수

守本治末 수본치말

근본을 지켜 말단을 다스린다.

徐安默靜平心意 서안묵정평심의
察俗知情通世議 찰속지정통세의
按實修名致德生 안실수명치덕생
符公合理施明治 부공합리시명치

천천히 하여 편하고 묵묵히 안정되면 마음이 평화로우니
세상 물정을 살펴 알게 되면 세상의 논의에 통한다
실질에 맞게 이름을 바로잡아 덕이 생겨나게 하고
공공의 이치에 부합되게 하여 바른 정치를 베푼다

50. **桓公問** 환공문

民惡君戒 민오군계

백성들이 싫어하는 것은 임금이 경계해야 한다.

無忘不失持公正 무망불실지공정

伴代隨時從大聖 반대수시종대성

事約行便利萬民 사약행편이만민

非君正士叢恭敬 비군정사총공경

공정함을 잊지도 잃지도 않으며

시대의 변화에 따르고 성현을 본받는다

일을 간단하게 하고 편리하게 함은 만민을 이롭게 하고

임금의 과오를 비판하는 바른 선비는 공경 받는다.

51. **度地** 탁지

山扞水潤 산한수윤

왕궁은 산이 바람을 막아주고 물이 충분한 곳이어야 한다.

黎民處地無城堡 여민처지무성보

養命安生無可保 양명안생무가보

暴雨寒霜不止休 폭우한상부지휴

回災避害居饒浩 회재피해거요호

백성들의 거주지는 보호벽이 없으니

생명을 지키는데 보호 받을 것이 없구나

폭풍우가 쉴 새 없으니

재해를 피할 풍요롭고 넓은 곳에 살아야 한다

52. 國蓄 국축

守財御民 수재어민

식량을 관리하여 백성을 다스린다.

穿泉養穀最于先 천천양곡최우선

國貨家財蓄十年 국화가재축십년

制食均分何不足 제식균분하부족

民情士志曷移遷 민정사지갈이천

샘을 파고 농사지음을 최우선으로 하여

국가의 재화를 십년동안 먹고살도록 비축해야 한다

식량을 조절하여 분배하니 어찌 부족하며

민심과 선비들의 뜻이 어찌 흔들리겠는가

53. 揆度 규탁

失機亡國 실기망국

음양오행의 작용을 따르지 못하면 국가가 망한다.

陰陽五氣國家基 음양오기국가기

不法無規失至機 불법무규실지기

奉準除私能制我 봉준제사능제아

人君守本治非違 인군수본치비위

음양오행은 국가 정치의 기초인데

법도가 없으면 그 비결을 잃는다

기준을 받들어 사사로움을 이기면 자기를 제어할 수 있으니

임금은 근본을 지켜 백성들의 잘못을 다스린다

2. 공자(논어)

공자孔子(B.C.551~479)의 성은 공孔이고, 이름은 구丘이며, 자는 중니仲尼이다. 기원전 551년 9월 28일(魯襄公 22년)에 태어나 기원전 479년 4월 18일(魯哀公 16년)에 73세로 세상을 떠났다. 주周 왕조를 기준으로 보면 영왕靈王 21년에 태어나 경왕敬王 41년에 세상을 떠난 것이다.

『논어』는 중궁仲弓·자유子游·자하子夏 등의 제자들이 스승의 정신을 후세에 전하기 위해, 평소에 공자가 제자들의 질문에 대답한 말과 제자들 자신의 말을 정리해 놓은 것이 바로 『논어』이다. 따라서 『논어』는 공자의 어록語錄 중심으로 된 제자들과의 대화록이다.

『논어』는 20편으로 되어 있는데, 앞부분 10편을 상론上論이라 하고 뒷부분 10편을 하론下論이라 한다. 진시황의 분서갱유 이후 한대에 이르러 남은 서적을 수집했는데, 그 중 『논어』는 한대 초기에 『제론齊論』·『노론魯論』·『고론古論』의 3종이 있었다. 『제론』은 모두 22편으로 『노론』에 비해 「문왕問王」과 「지도知道」 두 편이 더 있다.

『고론』은 한대 초기 노나라 공왕共王이 공자의 고택을 허물다 벽 속에서 발견한 것으로서 고문으로 쓰인 것이다. 『고론』은 모두 21편으로 「자장子張」편이 두 편으로 되어 있다. 『논어』 정본은 전한의 안창후安昌侯 장우張禹(?~기원전 5)가 『노론』을 위주로 하고 『제론』을 참고로 하여 만든 것으로서 『장후론張侯論』 또는 『장후논어』라고 부르기도 한다.

『논어論語』는 내용 중심으로 보면 인仁을 말한 인어仁語라고 할 수 있고, 표현 방법으로 보면 인仁을 술이부작述而不作했을 뿐이므로 술어述語라고 할 수 있다. 공자의 주요 사상은 선후본말先後本末 체계에서 중용을 추구하는 문질빈빈文質彬彬으로 대표할 수 있다. 그는 정명正名을 주장하였는데, 그 기준은 예禮에 있으며, 예의 본질은 인仁이었다. 예와 인은 문과 질의 관계이다. 예는 음악과 불가분의 관계가 있어 균형 있는 예악을 강조했다.

주요 개념어 :
仁, 學, 詩書禮樂, 爲仁由己, 博文約禮, 遊於藝, 文質彬彬, 正名, 禮樂

편명과 주제

1. 學而 : 學習竝進 학습병진
   배우고 익힘을 같이 해야 한다.
2. 爲政 : 揚德興禮 양덕흥례
   덕을 높이고 예를 흥하게 한다.
3. 八佾 : 不仁無禮 불인무례
   인하지 못하면 예가 이뤄지지 않는다.
4. 里仁 : 志道齊行 지도제행
   도에 뜻을 두고 언행을 가다듬는다.
5. 公冶長 : 好問樂行 호문낙행
   묻기를 좋아하고 행하기를 즐거워한다.
6. 雍也 : 持敬行禮 지경행례
   공경심을 갖추고 예를 행한다.
7. 述而 : 依仁遊藝 의인유예
   인에 의지하여 예술의 경지에서 노닌다.
8. 泰伯 : 禮立樂成 예입악성
   예로써 바로 서며 음악으로써 조화롭게 완성한다.
9. 子罕 : 寒天靑松 한천청송
   선비는 큰일을 당할 때 본분 지킴을 알 수 있다.
10. 鄕黨 : 平心和色 평심화색
    마음을 평안히 하고 기색을 부드럽게 한다.

11. 先進 : 不學難入 불학난입
성인을 배우지 않으면 도의 경지에 들기 어렵다.

12. 顔淵 : 由仁復禮 유인복례
인으로 말미암아 예를 행한다.

13. 子路 : 無苟立命 무구입명
윗사람의 언행에 구구함이 없으면 명령이 시행된다.

14. 憲問 : 下通上達 하통상달
아래로는 인륜에 통하고 위로는 천도에 이른다.

15. 衛靈公 : 深思弘道 심사홍도
생각을 깊게 하여 도를 넓혀간다.

16. 季氏 : 處事居中 처사거중
일을 처리함에는 중용을 지켜야 한다.

17. 陽貨 : 致仁達意 치인달의
인을 실천하여 뜻을 전달한다.

18. 微子 : 言中行庸 언중행용
언행을 중용에 맞게 한다.

19. 子張 : 切問博學 절문박학
절실하게 묻고 널리 배운다.

20. 堯曰 : 知命愛人 지명애인
천명을 알고 사람을 사랑한다.

1. **學而** 학이

學習竝進 학습병진

배우고 익힘을 같이 해야 한다.

開卷發蒙何只悅 개권발몽하지열

先行後學始眞實 선행후학시진실

孝誠悌敬曷微微 효성제경갈미미

愛衆親仁能盡密 애중친인능진밀

공부함이 어찌 즐겁기만 하랴

인을 먼저 실천하고 후에 공부를 하면 진실할 수 있으리

부모에게 효도하고 형제간에 공경하니

어찌 덕이 미약하랴

사람을 사랑하고 인한 사람 친함에 지극할 수 있으리

2. 爲政 위정

揚德興禮 양덕홍례

덕을 높이고 예를 홍하게 한다.

布德施恩民有理 포덕시은민유리

嚴刑峻禁却無恥 엄형준금각무치

誦詩三百思無邪 송시삼백사무사

天下人情周不比 천하인정주불비

은덕을 베풀면 백성이 바르게 되나

힘으로 제재하면 부끄러워 않는다

시 삼백편을 외우면 어질게 되어

세상 인정이 원만하고 편파되지 않는다

3. 八佾 팔일

不仁無禮 불인무례

인하지 못하면 예가 이뤄지지 않는다.

無仁有禮如眞格 무인유예여진격

似是而非寧儉約 사시이비영검약

忠實正名已義方 충실정명이의방

從天順道離邪惡 종천순도이사악

인하지 못하면 예악은 진실하랴

아니면 차라리 부족한 듯하리

명분을 바루하여 대의를 얻었으니

천도에 순종하여 사악함을 멀리하리

4. 里仁 이인

志道齊行 지도제행

도에 뜻을 두고 언행을 가다듬는다.

有仁無惡根天理 유인무악근천리

處約居貧能久美 처약거빈능구미

忠恕一通貫日常 충서일통관일상

驚惶危急必於是 경황위급필어시

인하고 악이 없음은 천성에 근본하고

가난하게 살아도 오래도록 품위지켜

충서의 삶 일관되게 살아가니

경황중에 위급해도 언제나 그와 같이

5. 公治長 공야장

好問樂行 호문낙행

묻기를 좋아하고 행하기를 즐거워한다.

修心養性需高訓 수심양성수고훈

勤學敏仁好下問 근학민인호하문

令色過恭何可從 영색과공하가종

人生五十恥無聞 인생오십치무문

심성을 수양함에 좋은 가르침이 필요한데

부지런히 배우고 실행하며 하문하길 좋아해야

교언영색과 지나친 언행 어찌 따르랴만

인생 오십이 되도록 수양을 해도

아무런 소문이 없음은 부끄러워

6. 雍也 옹야

持敬行禮 지경행례

공경심을 갖추고 예를 행한다.

博文約禮不違理 박문약례불위리

文質彬彬君子矣 문질빈빈군자의

樂水樂山好靜觀 요수요산호정관

博施濟衆聖人耳 박시제중성인이

학문을 넓게 하고 예로 요약함이

도에 반하지 아니하고

꾸밈과 바탕 어울리니 군자로구나

물도 좋아하고 산도 좋아하며 정관함도 좋아하고

인을 널리 베풀어 백성을 구하는 이

틀림없이 그분은 성인이시리

7. 述而 술이

依仁遊藝 의인유예

인에 의지하여 예술의 경지에서 노닌다.

集文述語信先見 집문술어신선견

默識誨人不厭倦 묵식회인불염권

志道依仁游藝眞 지도의인유예진

學而知者苟從善 학이지자구종선

옛글을 모으고 옛말을 기술하며 성현의 지혜 믿었고

묵묵히 진리를 깨달아 사람을 가르침에

싫증내지 않았구나

도에다 뜻을 두고 인에다 의지하여

진실하게 예술에서 유습하는 이

학이지자 공자께선 진정 종인從仁하였구나

8. 泰伯 태백

禮立樂成 예입악성

예로써 바로 서며 음악으로써 조화롭게 완성한다.

和色正顔近信厚 화색정안근신후

動容離暴致中行 동용이폭치중행

出辭遠鄙守彬彬 출사원비수빈빈

君子修身持畏敬 군자수신지외경

낯빛을 온화하고 표정을 바루함은 믿음직하고

행동은 거칠지 않도록 알맞게 처신하며

언사는 비속하지 않도록 고상함을 지키니

군자의 수신은 외경함을 지녔구나

9. 子罕 자한

寒天靑松 한천청송

선비는 큰일을 당할 때 본분 지킴을 알 수 있다.

天縱聖人不得尊 천종성인부득존

多能鄙事爲生存 다능비사위생존

居東處北何荒陋 거동처북하황루

法語巽言由道源 법어손언유도원

하늘이 내신 성인 공자께선 자리 얻지 못했으니

천한 일에 다능함은 생존을 위한 것

변방에 산다 해도 그 어찌 누추하랴

올바르고 겸손한 말은 도에서 나오니

10. **鄕黨** 향당

平心和色 평심화색
마음을 평안히 하고 기색을 부드럽게 한다.

鞠躬勃色保恭默 국궁발색보공묵
侃侃誾誾守話德 간간은은수화덕
飮酒無量不及違 음주무량불급위
不時不食不多食 불시불식부다식

몸 숙여 공손하고 얼굴 빛 묵묵히
아래에는 강직하게 위에는 화기 있게
음주는 무량이나 취하지 않았으며
때 아닌 음식은 먹지 않고 많이 먹지 않았다

11. 先進 선진

不學難入 불학난입

성인을 배우지 않으면 도의 경지에 들기 어렵다.

不學聖賢未可逾 불학성현미가유
顔淵好學成眞儒 안연호학성진유
治民事稷後於學 치민사직후어학
挾瑟從師游舞雩 협슬종사유무우

성현을 따르지 않고는 도에 들기 어려우니
안연만은 호학하여 참선비가 되었구나
백성을 다스리고 사직을 보존함은 학문한 다음에
거문고 옆에 끼고 스승님 따라 무우에 놀러갈까

12. 顔淵 안연

由仁復禮 유인복례

인으로 말미암아 예를 행한다.

爲仁由己克私心 위인유기극사심
非禮不行天下歸 비례불행천하귀
不欲勿施人不怨 불욕물시인불원
愛民敬事德風威 애민경사덕풍위

진심으로 인하니 사심을 이기고
예가 아니면 아니하니 세상 사람이 돌아온다
내 싫은 것 안 시키니 원망을 듣지 않고
백성을 사랑하고 일에 정성 다함은 군자의 위엄이다

13. 子路 자로

無苟立命 무구입명

윗사람의 언행에 구구함이 없으면 명령이 시행된다.

執事安民爲帝盛 집사안민위제성

一言無苟始從命 일언무구시종명

善人理國去殘亡 선인이국거잔망

子孝父慈立德政 자효부자입덕정

일 잘하고 백성 편하게 하는 것은 넉넉한 제왕의 덕

구차한 말 없으면 명령이 바로 선다

선인이 다스리면 사람 죽임 없어지고

부모자식 사랑하면 도덕정치 바로 선다

14. 憲問 헌문

下通上達 하통상달

아래로는 인륜에 통하고 위로는 천도에 이른다.

爲己循天上達道 위기순천상달도

爲人從欲下淪囿 위인종욕하륜유

驥驁稱德不稱馳 기오칭덕불칭치

君子無憂省不疚 군자무우성불구

천도를 따르면 도리에 통달하고

욕심을 따르면 되레 그에 구속된다

천리마는 덕이지 힘이 아니니

군자는 인덕 갖춰 잘못이 없게 한다

15. 衛靈公 위령공

深思弘道 심사홍도

생각을 깊게 하여 도를 넓혀간다.

處危時急思天倫 처위시급사천륜

遵命成仁寧殺身 준명성인영살신

義質禮文兼遜出 의질예문겸손출

人弘道奈道弘人 인홍도내도홍인

어진 사람은 위급하면 천명을 생각하며

천명 따라 인하려 목숨 버린다

인의를 바탕으로 예를 행하되 겸손하게 표현하니

사람이 도 넓히지 도가 사람 넓히겠나?

16. 季氏 계씨

處事居中 처사거중

일을 처리함에는 중용을 지켜야 한다.

三友三樂有損益 삼우삼요유손익

三戒三畏常固執 삼계삼외상고집

君子九思致中庸 군자구사치중용

見善行義如不及 견선행의여불급

친구와 즐김은 가려 선택해야 하나

경계함과 두려움은 언제나 고집해야

군자는 생각함에 중도를 지키지만

선행을 행함에는 모자란 듯 여긴다

17. 陽貨 양화

致仁達意 치인달의

인을 실천하여 뜻을 전달한다.

禮樂和同只四物 예악화동지사물

眞仁實義如何寘 진인실의여하치

鄕原塗說失中庸 향원도설실중용

孔子無言無不備 공자무언무불비

예악의 어울림이 형식만 따른다면

진실한 인의를 어찌 갖추랴

함부로 하는 말 인의를 잃으나

공자는 말없으나 안 갖춤이 없구나

18. 微子 미자

言中行庸 언중행용

언행을 중용에 맞게 한다.

伯夷叔齊不降志 백이숙제불강지

下惠少連行中妥 하혜소련행중타

虞仲夷逸身中淸 우중이일신중청

孔子無可無不可 공자무가무불가

백이와 숙제는 굽히지 아니하고

유하혜와 소련은 옳게 행동했으며

우중과 이일은 청빈했지만

공자는 이와 달리 하나도 고집하지 않았네

19. 子張 자장

切問博學 절문박학

절실하게 묻고 널리 배운다.

博學深思弘察度 박학심사홍찰탁

明分切問篤通考 명분절문독통고

百工居肆從熏炊 백공거사종훈취

君子勸民因聖道 군자권민인성도

널리 배우고 깊이 생각하며 크게 살펴 헤아리고

분명하게 분별하고 절실하게 물으며 두루두루 고찰한다

백공은 공방에서 생업에 종사하고

군자는 성인의 도로 백성을 인도한다

20. 堯曰 요왈

知命愛人 지명애인

천명을 알고 사람을 사랑한다.

敬天聽命執中愛 경천청명집중애

堯舜禹湯繼絶世 요순우탕계절세

百姓患憂怨帝昏 백성환우원제혼

謹權審法奉時禘 근권심법봉시체

천명을 받들며 중도를 실행하여

요순우탕 끊어진 대 계속 이어 가는구나

백성의 근심 걱정 임금을 탓하니

권세를 삼가며 법을 살피고 하늘에 제사 올린다

3. 맹 자

맹자孟子(약B.C.372~289)의 성은 맹孟이고, 이름은 가軻, 자는 자여子輿·자거子車 또는 자거子居라고 한다. 그의 생졸 연대는 여러 설이 있는데, 일반적으로 주열왕周烈王 4년에 태어나 84세쯤 살았다고 본다. 그의 사승師承 관계는 『순자』「비십이자편」에서 맹자와 자사를 함께 거론한 점과, 『사기』「맹자순경열전」에 "맹가는 추인騶人으로서 자사의 문인에게 배웠다"고 전하는 것으로 보아 그는 공자의 손자 자사子思에게 배운 것 같다.

『맹자』는 맹자의 말을 그의 제자들이 정리한 것으로서 모두 7편이다. 후한 때 조기趙岐가 장구章句를 만들 때 각 편을 상하로 나누어 14편으로 만들었다. 지금도 그 체제를 유지하고 있다. 『맹자』의 주석서는 조기의 『맹자장구孟子章句』 14편이 가장 오래 된 것이다. 현존하는 주석서로는 주자의 『사서집주』본이 가장 정확하고 쉬운 것으로 알려져 있다.

맹자의 주요 철학 사상은 "내가 바라는 것은 바로 공자를 배우는 것이다"(乃所願則學孔子也. 『孟子』「公孫丑上」)라는 그의 말처럼,

공자의 인의를 주요 개념어로 삼아 성선론性善論·양기론養氣論·왕도론王道論 등으로 계승 발전시켰다. 성선론은 인의예지 4단은 배워서 얻은 것이 아닌 양지良知·양능良能으로서 짐승과 구별되는 점이라 하였다. 4단은 선천적인 것으로서 『중용』이 천명을 본성이라고 보는 것과 함께 유가 도덕형이상학의 기초가 되었다. 양기론은 4단을 확충하여 도덕적 용기인 호연지기로 기르는 도덕수양론으로서 유가의 도덕수양론의 근간이 되었다. 왕도론은 4단의 덕으로 다스리는 도덕정치론으로서 『대학』의 수신제가치국평천하의 정신이다. 왕도론은 요순 이래 유가가 지향해온 것으로서 하나의 이상국가론을 계승한 것이다. 맹자의 성선론·양기론·왕도론은 가깝게는 공자를 계승하고 멀리는 요순의 도를 계승한 것이다.

주요 개념어 :
仁義禮智, 四端, 性善, 王道, 良知, 良能

편명과 주제

1. 梁惠王(上) : 言仁行義 언인행의
   인의를 행해야 한다.
2. 梁惠王(下) : 與民俱樂 여민구락
   백성과 함께 즐겨야 한다.
3. 公孫丑(上) : 培仁養氣 배인양기
   인의를 북돋우어 도덕 용기를 기른다.
4. 公孫丑(下) : 義爵德吏 의작덕리
   정의롭게 벼슬을 해야 덕 있는 관리가 된다.
5. 滕文公(上) : 明倫免寒 명륜면한
   정치는 인륜을 밝히고 가난을 면하게 해야 한다.
6. 滕文公(下) : 道丈德夫 도장덕부
   인의 도덕을 갖추어야 대장부이다.
7. 離婁(上) : 具實備制 구실비제
   인의와 제도를 함께 갖추어야 도덕이 실행된다.
8. 離婁(下) : 由仁體道 유인체도
   본성에 따라 도를 몸에 익힌다.
9. 萬章(上) : 分義合禮 분의합례
   사리를 분별하여 예에 맞게 한다.
10. 萬章(下) : 合當致務 합당치무
    벼슬은 도덕에 맞게 하고 직분에 힘써야 한다.

11. 告子(上) : 弱根失實 약근실실
본심을 잃으면 언행에 실수가 생긴다.

12. 告子(下) : 忍苦含德 인고함덕
고생을 견뎌 덕을 함양한다.

13. 盡心(上) : 致誠樂天 치성낙천
언행을 성실히 하며 천도를 즐거워한다.

14. 盡心(下) : 踐形踏實 천형답실
본성을 실천하여 성실하게 살아간다.

1. 梁惠王(上) 양혜왕(상)

言仁行義 언인행의
인의를 행해야 한다.

不奪農時能足食 불탈농시능족식
聖王政道養民草 성왕정도양민초
布仁施義皆推恩 포인시의개추은
孝父悌兄萬世寶 효부제형만세보

농사철 안 뺏으면 먹고 삶이 풍족하니
백성을 기르는 것 왕도정치 근본인저
인의를 베풂은 추은하면 되는 것
효제 하는 것이 만세의 보물인저

2. 梁惠王(下) 양혜왕(하)

與民俱樂 연민구락

백성과 함께 즐겨야 한다.

與民同樂皆興盛 여민동락개흥성

上下君臣相事敬 상하군신상사경

巡狩無流述職成 순수무류술직성

何難王者施仁政 하난왕자시인정

백성과 다 함께 흥성하며

군신상하가 서로 섬겨 공경하네

임금이 순시하니 제후가 보고한다

어찌 어렵겠는가? 어진 정치 베풂이

3. 公孫丑(上) 공손추(상)

培仁養氣 배인양기

인의를 북돋우어 도덕 용기를 기른다.

浩然之氣配仁義 호연지기배인의

四十修身不動心 사십수신부동심

不忍之心已具備 불인지심이구비

擴充德性至周深 확충덕성지주심

호연지기는 인의와 아름답게 짝을 하니

인생 사십에 부동심이 되었구나

불인지심은 이미 내게 구비되었으니

덕을 크게 확충하여 두루 깊게 하면 돼

4. 公孫丑(下) 공손추(하)

義爵德吏 의작덕리

정의롭게 벼슬을 해야 덕 있는 관리가 된다.

朝廷上下莫如爵 조정상하막여작

序列位階不勝義 서열위계불승의

濟世養民莫若仁 제세양민막약인

人君何敢召天吏 인군하감소천리

조정에선 벼슬자리 제일이지만

위계질서 엄해도 정의는 못 이긴다

세상을 다스림에 덕 같은 게 없으니

임금이 그를 감히 신하라 부르랴

5. 滕文公(上) 등문공(상)

明倫免寒 명륜면한

정치는 인륜을 밝히고 가난을 면하게 해야 한다.

無教廢人犯獸行 무교폐인범수행

序庠學校明人倫 서상학교명인륜

民無恒產無恒德 민무항산무항덕

勤稼勉耕免素貧 근가면경면소빈

가르침 없어 폐인이 되면 금수와 같으니

학교를 세워 인륜을 밝히려는 것

백성은 생업이 없으면 본심을 잃게 되니

근면하게 일하여 가난을 면하도록 하려는 것

6. 滕文公(下) 등문공(하)

道丈德夫 도장덕부

인의 도덕을 갖추어야 대장부이다.

廣居正位行仁途 광거정위행인도

得志與民德不孤 득지여민덕불고

富貴賤貧不動德 부귀천빈부동덕

武威不屈大丈夫 무위불굴대장부

인의예지 본성 지켜 인도를 실행하고

뜻 얻으면 함께 하여 외롭지 아니하며

부귀빈천에도 꿈쩍하지 아니하고

무위에도 굴복 않는 이 대장부로다

7. 離婁(上) 이루(상)

具實備制 구실비제

인의와 제도를 함께 갖추어야 도덕이 실행된다.

孝父悌兄仁義質 효부제형인의질

節文知飾禮智實 절문지식예지실

無規徒善未能平 무규도선미능평

制禮崇仁可道率 제례숭인가도솔

부모에게 효도하고 형제간에 우애 있음 인의의 실질이고

문식을 꾸미고 바탕을 앎 예지의 실질이라

법도 없이 착하기만 함 다스릴 수 없으나

예를 만들어 인을 받들면 이끌 수 있으리

8. 離婁(下) 이루(하)

由仁體道 유인체도

본성에 따라 도를 몸에 익힌다.

本然之性故而已 본연지성고이이

率性存心苟體道 솔성존심구체도

約處安居樂隱微 약처안거낙은미

寬仁厚德爲眞寶 관인후덕위진보

본연의 성품은 선행의 연고일 뿐

본성 따라 마음을 보존하여 진실로 체도한다

곤궁해도 편안히 본성을 즐기며

넉넉한 인덕을 참보배로 여긴다

9. 萬章(上) 만장(상)

分義合禮 분의합례

사리를 분별하여 예에 맞게 한다.

夫妻居室大人倫 부처거실대인륜

孝舜結婚不告親 효순결혼불고친

無禮一時不得已 무례일시부득이

終身慕父從恂恂 종신모부종순순

남편과 아내 됨은 중요한 인륜인데

효성스런 순임금도 부모님께 안 알렸구나

잠시 무례함은 어쩔 수 없었지만

부모님을 종신토록 사모하여 따랐구나

10. **萬章**(下) 만장(하)

合當致務 합당치무

벼슬은 도덕에 맞게 하고 직분에 힘써야 한다.

可行之仕見行理 가행지사견행리

公養之仕觀重芷 공양지사관중지

爲貧之仕辭富榮 위빈지사사부영

抱關擊柝當而已 포관격탁당이이

도를 행할 수 있는 벼슬에 나가서는 도가 행해짐을 보고
현인을 기를 수 있는 벼슬에 나가서는 군자 공경함을 보며
가난을 해결할 수 있는 벼슬에 나가서는 부귀영화를 사양하고
관문을 지켜 목탁을 치고 야경 도는 것은 단지 마땅히 할 뿐이라

11. 告子(上) 고자(상)

弱根失實 약근실실

본심을 잃으면 언행에 실수가 생긴다.

捨生取義守仁德 사생취의수인덕

夜氣寒存不可得 야기한존불가득

學問無他求放心 학문무타구방심

先從大體立元極 선종대체입원극

목숨바쳐 정의 취함 인한 본성 지키기

정기가 부족하면 지킬 수 없다네

학문이란 단지 잃은 본심 되찾는 것

본성 따라 근본을 먼저 세워야

12. 告子(下) 고자(하)

忍苦含德 인고함덕

고생을 견뎌 덕을 함양한다.

舜耕畎畝爲人君 순경견무위인군

天任黎民勞骨筋 천임여민노골근

忍性苦心堅氣禀 인성고심견기품

居憂處患却恭勤 거우처환각공근

순임금은 농사짓다 천자가 되었는데

하늘이 맡기실 땐 시련을 주시는 법

성질 참고 고뇌하며 기품을 굳게 하여

우환 속에 든다 해도 되레 공경 근면하네

13. 盡心(上) 진심(상)

致誠樂天 치성낙천

언행을 성실히 하며 천도를 즐거워한다.

行心盡性知元泰 행심진성지원태

返本致誠樂莫大 반본치성낙막대

勉恕强忠無不充 면서강충무불충

無然求外何將害 무연구외하장해

심성을 다하면 천도를 알게 되니

본성 따라 성실하면 더 큰 기쁨 없는 것

충서로 행한다면 부족한 게 없는데

그렇게 아니하고 해치려 드는가

14. 盡心(下) 진심(하)

踐形踏實 천형답실

본성을 실천하여 성실하게 살아간다.

可欲善人無假飾 가욕선인무가식

充眞精美致鴻德 충진정미치홍덕

踐形大化從中庸 천형대화종중용

至妙聖神不可測 지묘성신불가측

사람들이 좋아할만한 선인은 가식이 없고

충실한 미인은 큰 덕을 이룬다

본성을 실천하고 중도를 따라 교화하니

성인의 신묘함은 알 수 없어라

4. 순 자

순자荀子(약BC.315~236)는 순경荀卿・순황荀況・손경자孫卿子로 불렸다. 순자는 전국戰國 말기의 조趙나라 사람이다. 순자에 관한 역사 기록은 『사기』「맹자순경열전」에 있다. 순자가 20대 청년시절 맹자는 80노인이었다.

순자의 저술과 관련된 것은 현재 『순자』 32편이 있다. 그중 「유효」・「의병」・「강국」・「신도」・「치사」・「성상」・「부」・「군자」・「대략」・「유좌」・「법행」・「애공」・「요문」 등 13편은 순자의 저작이 아니라고 보는 것이 기존 학설이지만, 주요 개념은 큰 차이가 없다.

순자는 시공간적時空間的 배경으로 제자백가들의 학설을 접할 수 있었다. 가깝게는 유가의 학설과 경전을 보고 배울 수 있었고, 도가・묵가 등의 학설도 들을 수 있었다. 순자의 주요 문제는 전국 시대 말기의 몰인간적沒人間的인 전쟁과 약탈 등 정치 사회의 혼란이며, 그런 혼란의 원인은 인성 속에 객관적인 판단과 행위의 기준이 없기 때문이라고 보았다.

그러므로 그의 중심 방법은 규율 없는 자연인自然人에게 객관적 행위 기준인 예의禮義를 가르쳐 규율 있는 사회인社會人으로 육성하는 데 중점을 두었다.

순자는 예를 보다 객관적 위치에 두고자 한 나머지 인간 본성이 아닌 제도에서 규명하려 하였다. 그는 기본적으로 도덕 행위를 동기가 아닌 결과에서 규명하려한 결과론자이기 때문이다. 그래서 그는 선善을 질서 있게 잘 다스려진 것(즉 正理平治)으로 말하고, 악惡을 혼란한 것(즉 偏險悖亂)으로 정의했다. 한걸음 더 나아가서 그는 자연 상태 그대로를 악으로 규정하고, 인위(즉 僞)를 가한 문화를 선으로 규정했다. 따라서 그의 수양론은 객관적 행위 기준인 예의가 없고 예의를 모르는 본성을 예의로 교화시키는 화성기위化性起僞를 철학의 중심으로 삼게 되었다. 일반적으로 순자 철학은 맹자 철학과 상반되는 것으로 말하는데, 실은 상호 보완의 관계에 있다.

학습을 중시한 것은 맹자 · 순자가 마찬가지이지만 출발점에서 맹자는 인의예지 4단인데 비해, 순자는 성왕이 만든 예의 제도였다.

주요 개념어 :
禮義, 性惡, 化性起僞, 解蔽, 正理平治, 偏險悖亂

1. 勸學 : 法聖求道 법성구도
성현을 본받아 진리를 탐구한다.

2. 修身 : 熟慮湯智 숙려탕지
심사숙고함으로써 지혜를 기른다

3. 不拘 : 準天法道 준천법도
천지에 비추어 보고 도를 본받는다.

4. 榮辱 : 備德防辱 비덕방욕
덕을 갖추어 욕됨을 방비한다.

5. 非相 : 觀德察心 관덕찰심
인재를 고르는 데는 덕행을 보고 그 마음을 살핀다.

6. 非十二子 : 同道合禮 동도합례
도를 같이 하고 예에 맞게 한다.

7. 仲尼 : 借名奪分 차명탈분
이름을 가장하여 자리를 빼앗는다.

8. 儒效 : 統類經紀 통류경기
사물의 체계를 세우고 치국의 원리를 경영한다.

9. 王制 : 古道今禮 고도금례
근본 원리는 옛날을 따르고 예법은 현재를 따른다.

10. 富國 : 民和國富 민화국부
백성들이 화합하면 나라가 부강해진다.

11. 王霸 : 聖禮霸力 성례패력
  성왕은 예의로 다스리고, 패주는 힘으로 다스린다.

12. 君道 : 招賢託政 초현탁정
  현인을 초빙하여 정치를 맡긴다.

13. 臣道 : 忠諫化君 충간화군
  도리에 따라 간언하여 군주를 변화시킨다.

14. 致仕 : 厚禮均政 후례균정
  예를 후하게 하고 정치를 공평하게 한다.

15. 議兵 : 敦禮固本 돈례고본
  예를 돈독히 하여 근본을 튼튼히 한다.

16. 彊國 : 隆禮興國 융례흥국
  예를 높이어 국가를 부흥시킨다.

17. 天論 : 天生人成 천생인성
  천지는 만물을 생산하고 성인이 그를 완성한다.

18. 正論 : 敎禮化俗 교례화속
  예법을 가르쳐 세상을 교화한다.

19. 禮論 : 稽中定界 계중정계
  중용을 헤아려 경계를 정한다.

20. 樂論 : 和情調欲 화정조욕
  음악은 인정을 조화시키고 욕심을 조절한다.

21. 解蔽 : 除蔽啓明 제폐계명
마음 가린 것을 제거하여 지혜를 밝힌다.

22. 正名 : 正名中情 정명중정
이름을 바르게 사용하여 실상에 맞게 한다.

23. 性惡 : 積習養德 적습양덕
학습을 통해 덕을 기른다.

24. 君子 : 崇仁隆義 숭인융의
인의를 숭상한다.

25. 成相 : 尊君尙賢 존군상현
임금을 존중하고 현인을 숭상한다.

26. 賦 : 以禮齊物 이례제물
예로 만물에 대한 지식을 정리한다.

27. 大略 : 尊賢隆禮 존현융례
현인을 존중하고 예의를 높인다.

28. 宥坐 : 損滿充虛 손만충허
가득 채운 것은 덜어내고 빈 것은 채운다.

29. 子道 : 違命從道 위명종도
명령을 어기더라도 도리를 따라야 한다

30. 法行 : 知理行禮 지리행례
이치를 알고서 예를 행한다.

31. 哀公 : 士窮聖通 사궁성통

진리에 대해 작은 선비는 곤궁하고 성인은 통달한다.

32. 堯問 : 內盛外賁 내성외비

안으로 덕을 갖추면 바깥으로 나타난다.

1. 勸學 권학

法聖求道 법성구도

성현을 본받아 진리를 탐구한다.

吟詩踐禮望賢士 음시천례망현사

適地應時通道理 적지응시통도리

擇處居鄕防惡風 택처거향방악풍

無移德操成完美 무이덕조성완미

시를 공부하고 예를 실천하여 성현을 바라보고

현실에 알맞게 변통하는 것은 도리에 통한다

거처함에는 고장을 가려야 나쁜 풍습을 방지하고

확고히 절조 있는 덕은 완전하게 된다

2. **修身** 수신

熟慮湯智 숙려탕지

심사숙고함으로써 지혜를 기른다

批評討議同師摘 비평토의동사적

諂語諛言共惡敵 첨어유언공악적

守禮從儀治氣振 수예종의치기진

精思熟慮高心覿 정사숙려고심적

비판과 지적은 훌륭한 스승의 가르침이요

아첨하는 말은 나쁜 적이다

예의를 지켜 혈기를 다스리고

심사숙고하여 마음의 통찰력을 기른다

3. 不拘 불구

準天法道 준천법도

하늘에 비추어 보고 도를 본받는다.

凡言合理貴當途 범언합리귀당도

失禮持中只一隅 실례지중지일우

踏實長遷人化起 답실장천인화기

從天則道致鴻儒 종천칙도치홍유

평범한 말이라도 이치에 맞게 함은 당연한 도리를

중시하기 때문이고

예를 잃으면 하나의 중용을 잡아도 융통성이 없는 것이다

성실하게 오래 수양하면 변화가 일어나니

하늘을 따라 도를 본받으면 큰 선비가 된다

4. 榮辱 영욕

備德防辱 비덕방욕

덕을 갖추어 욕됨을 방비한다.

人生好利根無問 인생호리근무문

寵辱安危思大分 총욕안위사대분

主物從仁失德容 주물종인실덕용

修身學禮規危紊 수신학례규위문

사람이 나면서부터 이로운 것을 좋아하는 것은 본능이지만

영욕과 안위에는 명분을 생각해야 한다

먼저 이익을 챙기고 나중에 인의를 생각하면 덕을 잃으니

덕행을 닦아 도리가 문란해지는 것을 방비해야 한다

5. 非相 비상

觀德察心 관덕찰심

인재를 고르는 데는 덕행을 보고 그 마음을 살핀다.

察骨觀形言豫備 찰골관형언예비

眞心惡相如何視 진심악상여하시

爲人所以在名分 위인소이재명분

度類量情從禮義 탁류량정종예의

관상을 보고 예정된 길흉을 말하는데

진실한 마음에 관상이 좋지 않은 것은 무어라 말할 것인가

사람의 도리는 명분에 있으니

사정을 헤아려 예의를 따른다

6. 非十二子 비십이자

同道合禮 동도합례

도를 같이 하고 예에 맞게 한다.

眞言正說孰能花 진언정설숙능화

禹制孔仁息百家 우제공인식백가

死力勞心或不適 사력노심혹부적

端然善士何從邪 단연선사하종사

착한 말과 바른 주장을 누가 꽃피울 수 있겠는가

우임금의 제도와 공자의 인의가 제자백가의 사설을

잠재울 수 있다

온 힘을 다하고 고심하여도 혹 부적당할 수는 있겠지만

단정한 군자가 어찌 사악한 일을 하겠는가?

7. 仲尼 중니

借名奪分 차명탈분

이름을 가장하여 자리를 빼앗는다.

誅兄奪國崇兵鉞 주형탈국숭병월

孔子門人皆惡說 공자문인개악설

若有佳恩未可稱 약유가은미가칭

虛仁實利非人傑 허인실리비인걸

형을 죽이고 나라를 빼앗은 제환공은 무력을 숭상하였으니

공자 문인들은 모두 비판하였다

만일 장점이 있다 해도 칭찬할 만하지 않으며

단지 인의를 내걸고 이익을 좇는 사람은 영웅이 아니다

8. 儒效 유효

統類經紀 통류경기

사물의 체계를 세우고 치국의 원리를 경영한다.

好問求知通廣正 호문구지통광정

多思熟習修情性 다사숙습수정성

從先復禮達常經 종선복례달상경

積善成仁爲大聖 적선성인위대성

묻기를 좋아해 지식을 구하여 넓고 바른 도에 이르고

많이 생각하고 학습하여 타고난 본성을 다스린다

선왕을 본받아 예를 높임은 나라 다스리는 이치에 통하고

덕을 쌓아 인을 이루면 성인에 이른다

9. 王制 왕제

古道今禮 고도금례

근본 원리는 옛날을 따르고 예법은 현재를 따른다.

宜中正道法先皇 의중정도법선황

禮法儀規順後王 예법의규순후왕

準類基同齊異種 준류기동제이종

君臣父子照天常 군신부자조천상

중용의 도는 하은주 삼대를 따르고

예의와 법규는 후대 임금을 따른다

도로써 백성을 다스림으로써 차등이 있는 세상을 다스리고

군신부자간의 윤리는 천도에 비추어본다

10. 富國 부국

民和國富 민화국부

백성들이 화합하면 나라가 부강해진다.

天時地利民和壹 천시지리민화일

異職同功財滿溢 이직동공재만일

墨子憂貧將節用 묵자우빈장절용

鬆根伐本何求實 송근벌본하구실

하늘의 때와 땅의 위치가 알맞으면 백성이 화합하여

하나가 되고

직분은 다르되 공을 함께 하면 재물이 넘쳐난다

묵자는 가난을 걱정하여 절약하려 했지만

근본을 훼손하고 어찌 결실을 추구하겠는가

11. 王覇 왕패

聖禮覇力 성례패력
성왕은 예의로 다스리고, 패주는 힘으로 다스린다.

聖王禮義平天下 성왕예의평천하
覇主忠誠制國家 패주충성제국가
詐術權謀亡政道 사술권모망정도
幽間隱僻出姦邪 유한은벽출간사

성왕은 예의로 천하를 평화롭게 하고
패주는 신하의 충성으로 국가를 다스린다
권모술수는 정도를 잃으니
으슥한 곳에서 간악한 일이 생겨난다

12. 君道 군도

招賢託政 초현탁정

현인을 초빙하여 정치를 맡긴다.

制度儀文不自行 제도의문부자행

招人致政足爲成 초인치정족위성

崇賢尙禮民知法 숭현상례민지법

怪漢姦人無不驚 괴한간인무불경

법률제도는 스스로 실행되지 않고

사람의 정치 행위를 통하여 시행해야 되는 것

현인을 숭상하고 예를 높이면 백성들이 법도를 알게 되니

간사한 소인은 놀라지 않는 이가 없다

13. 臣道 신도

忠諫化君 충간화군

도리에 따라 간언하여 군주를 변화시킨다.

反令違名從正道 반령위명종정도

輔行諫止爲君寶 보행간지위군보

化君以德大忠臣 화군이덕대충신

貪祿阿諛同賊蚤 탐록아유동적조

명령에 위배돼도 바른 도리를 따르며

직언으로 보필하는 신하는 군주의 보물이다

덕으로 군주를 변화시키는 사람이 큰 충신이고

벼슬을 지키려 아첨하는 자는 국가의 도적이다

14. 致仕 치사

厚禮均政 후례균정

예를 후하게 하고 정치를 공평하게 한다.

高山茂樹待黃鸝 고산무수대황리

碧海蒼波致大龜 벽해창파치대귀

德政平刑聚百姓 덕정평형취백성

威儀厚禮會群芝 위의후례회군지

높은 산 우거진 숲에는 금수가 깃들고

깊은 바다 파도 속엔 큰 거북이가 산다

공평한 상벌로 정치하면 백성이 모여들고

위엄과 예의를 갖추면 군자들이 모여든다

15. 議兵 의병

敦禮固本 돈례고본

예를 돈독히 하여 근본을 튼튼히 한다.

天時地利何如雍 천시지이하여옹

厚義敦仁滋本統 후의돈인자본통

武力强兵治末端 무력강병치말단

民心天性何關綜 민심천성하관종

하늘의 때와 땅의 이로움이 백성의 화합만 하겠는가

인의를 돈독하게 하여 근본적인 통치에 힘쓰는 것이다

권력과 강한 군대는 지엽적인 일을 다스리는 것뿐인데

민심과 천성을 어찌 관여할 수 있겠는가

16. 彊國 강국

隆禮興國 융례흥국

예를 높이어 국가를 부흥시킨다.

劍戟加胸何顧指 검극가흉하고지

飛火激矢何關與 비화격시하관여

興隆禮義救人民 흥융례의구인민

失本如何求好處 실본여하구호처

창칼이 가슴을 찌르는데 어떻게 손가락을 생각하며

날아다니는 불과 화살을 어떻게 신경 쓰랴

예의를 높여야 백성을 구할 수 있는데

근본을 잃고 어떻게 다스릴 것인가

17. 天論 천론

天生人成 천생인성

천지는 만물을 생산하고 사람은 그를 완성한다.

天行地運循常道 천행지운순상도

物變人應成大造 물변인응성대조

敬體恭心不慕天 경체공심불모천

微思靜慮爲眞堡 미사정려위진보

천지의 운행은 일정한 도를 따르니

만물과 사람은 적응해야 커다란 조화를 이룬다

군자가 수신함에 자신을 중시하고 하늘을 숭상하지 않음은

심사숙고하는 것이 제일이기 때문이다

18. 正論 정론

教禮化俗 교례화속

예법을 가르쳐 세상을 교화한다.

論非議是先隆善 논비의시선융선

失界亡分無可判 실계망분무가판

聖禮王文當準繩 성예왕문당준승

規民制俗無紛亂 규민제속무분란

옳고 그름을 논함에는 먼저 바른 것을 높여야 하는데

구분이 없으면 판단할 수 없을 것

성왕의 예법을 기준으로 삼으면

백성을 다스리고 풍속을 정화하여 분란이 없을 것

19. 禮論 예론

稽中定界 계중정계

중용을 헤아려 경계를 정한다.

人情物欲何能侍 인정물욕하능시

越度踰分無可治 월도유분무가치

納命迎亡却守生 납명영망각수생

歸中致一期豊備 귀중치일기풍비

인간의 본능을 어떻게 받들 수 있는가?

바른 도리를 지나치면 다스릴 수 없다

목숨 버릴 각오를 하면 오히려 생명을 지킬 수 있듯이

예로 돌아가 중용을 지키면 풍부하게 갖출 수 있다

20. 樂論 악론

和情調欲 화정조욕

음악은 인정을 조화시키고 욕심을 조절한다.

安平動暴若何馴 안평동폭약하순

雅樂和聲得大均 아악화성득대균

合奏成文宗一道 합주성문종일도

調情節欲立人倫 조정절욕입인륜

편안하면 평화롭고 자극하면 난폭해지는 것을 어떻게 길들이나

조화로운 음악 소리는 마음을 균형 있게 해준다

여러 악기를 합주하여 조화를 이룸은 하나의 도를 중심으로 하고

정욕을 조절하여 인륜을 세운다

21. 解蔽 해폐

除蔽啓明 제폐계명

마음 가린 것을 제거하여 지혜를 밝힌다.

叢同別異得均通 총동별이득균통

物蔽心偏闇大公 물폐심편암대공

積慮充思君子得 적려충사군자득

沖虛一靜致幾中 충허일정치기중

같고 다른 점을 분별하여 도를 알 수 있으나

사물에 가리어 마음이 편벽되면 진리에 어둡다

많은 생각은 군자라야 얻을 수 있고

마음을 허일정하게 하여 도에 통한다

22. **正名** 정명

正名中情 정명중정

이름을 바르게 사용하여 실상에 맞게 한다.

正分眞名通義則 정분진명통의칙

昏冥混沌人民惑 혼명혼돈인민혹

邪言辟說動正思 사언벽설동정사

中道和情明曲直 중도화정명곡직

명분을 바르게 하면 정의에 통하고

혼란스러우면 백성이 의혹에 빠진다

사악한 말은 바른 생각을 흔드니

도리와 사정에 맞게 하여 옳고 그름을 분명히 한다

23. **性惡** 성악

積習養德 적습양덕

학습을 통해 덕을 기른다.

本性原來無豫造 본성원래무예조

人生不學不知道 인생불학부지도

從師學習鍊文珍 종사학습연문진

順聖薰心磨禮寶 순성훈심마예보

천성에는 본래 미리 만들어진 예의가 없고

배우지 않으면 도를 알지 못 한다

스승을 따라 학습하는 것은 글을 익히고

성현을 따라 마음닦는 것은 예를 배운다

24. 君子 군자

崇仁隆義 숭인융의

인의를 숭상한다.

議政論刑從聖義 의정논형종성의

依仁據道分公利 의인거도분공리

崇賢尙禮別親疏 숭현상례별친소

主貴臣安天下治 주귀신안천하치

정치와 형벌을 논의하는 것은 성왕의 도를 본받고

인의에 의거하여 공공의 이익을 도모한다

현인을 숭상하고 예를 높여 친소원근을 나누며

천자는 귀하고 신하가 평안하면 천하가 다스려진다

25. 成相 성상

尊君尙賢 존군상현

임금을 존중하고 현인을 숭상한다.

尊君治政疾凡愚 존군치정질범우

蔽主營私惡大儒 폐주영사오대유

守本論情明禮樂 수본논정명예악

從賢返聖不違樞 종현반성불위추

임금을 존중하며 정치를 하는 사람은 어리석음을 싫어하고

임금의 이목을 가리고 사욕을 채우는 사람은 큰 선비를 미워한다

근본을 지키며 형편을 고려하여 예악을 밝히고

성현을 따라 중심을 잃지 않는다

26. 賦 부

以禮齊物 이례제물

예로 만물에 대한 지식을 정리한다.

成文制禮中方圓 성문제례중방원

廣大精微備大全 광대정미비대전

察地觀天通萬物 찰지관천통만물

宗知厚德達眞賢 종지후덕달진현

문물제도가 현실에 잘 맞는 것은

넓고 정밀하게 두루두루 갖추었기 때문이다

천지의 이치를 살피고 만물의 이치에 통하며

근본을 알고 덕을 두텁게 하여 참된 현인이 된다

27. **大略** 대략

尊賢隆禮 존현융례

현인을 존중하고 예의를 높인다.

尊賢重禮當君王 존현중례당군왕

尙法崇刑致覇强 상법숭형치패강

統類綱倫明表則 통류강륜명표칙

應時適變用千方 응시적변용천방

현인과 예를 숭상하면 군왕이 되고

법과 형벌을 중시하면 패주가 된다

인륜 도리를 세워 삶의 준칙을 밝히고

때에 맞게 변통하여 천만가지의 방법으로 활용한다

28. 宥坐 유좌

損滿充虛 손만충허

가득 채운 것은 덜어내고 빈 것은 채운다.

滿覆虛欹中正立 만복허기중정립

多功大德資謙挹 다공대덕자겸읍

持明守智用愚冥 지명수지용우명

保富存財充節給 보부존재충절급

가득 차면 엎어지고 비면 기우나 적당히 채우면 바로 서니

공이 많고 덕이 높으면 겸손해야 한다

총명예지함을 지키는 것은 마치 어리석은 것처럼 하며

재물을 보존하는 것은 절약해야 한다

29. 子道 자도

違命從道 위명종도

명령을 어기더라도 도리를 따라야 한다

順父違宜未孝親 순부위의미효친

從君背義不忠臣 종군배의불충신

持衷護敬存根本 지충호경존근본

始孝終仁致大倫 시효종인치대륜

부모의 명령을 따르더라도 마땅한 도리를 저버리면
효자라 할 수 없고
임금의 명령을 따르더라도 정의에 어긋나면 충신이 아니다
충정과 공경심을 가지고 근본을 지키되
효도에서 시작하여 인에서 끝나면 커다란 인륜을 이루게
된다

30. 法行 법행

知理行禮 지리행례

이치를 알고서 예를 행한다.

內疏外密不能伸 내소외밀불능신

毁己非人不可因 훼기비인불가인

取利喪仁招恥辱 취리상인초치욕

呼刑處罰曷存身 호형처벌갈존신

안을 소홀히 하고 바깥을 단단히 해서는 더 이상 펼칠 수 없고

자신이 잘못하고서는 남을 탓할 수 없는 것

이익을 취하고 인을 상실하면 치욕을 부르며

형벌을 받게 하고서야 어떻게 몸을 보존하랴

31. 哀公 애공

士窮聖通 사궁성통

진리에 대해 작은 선비는 곤궁하고 성인은 통달한다.

庸人耳口無知善 용인이구무지선

下士執中無盡變 하사집중무진변

君子忠言德未眞 군자충언덕미진

聖賢得道應時轉 성현득도응시전

보통 사람은 선을 알지 못하고

시골 선비는 중용을 잡되 변통할 줄 모른다

군자는 언행이 진실하나 덕은 아직 멀고

성현은 득도하여 때에 맞게 변통한다

32. 堯問 요문

內盛外貣 내성외비

안으로 덕을 갖추면 바깥으로 나타난다.

無亡允執如天地 무망윤집여천지

務實行微如日月 무실행미여일월

潤德充中出外形 윤덕충중출외형

忠誠信義歸宮闕 충성신의귀궁궐

중용을 잘 잡은 것은 천지와 같고

실제에 힘씀은 일월과 같다

덕을 마음속에 채우면 바깥으로 나타나고

충성과 신의는 백성들을 임금에게로 돌아오게 한다

5. 노 자

노자老子(약B.C.571～?)의 성은 이李이고, 이름은 이耳이며, 자는 담聃이다. 춘추 시대 초나라 사람으로서 공자보다는 20년쯤 먼저 태어났다. 그의 고향은 지금의 하남성河南省 녹읍현鹿邑縣이고, 주나라 장서실藏書室의 사관史官을 지냈다고 한다. 공자가 주나라에 갔을 때 노자에게 예禮를 물었다고 한다.

『도덕경』은 일반적으로 『노자』·『노자도덕경』 등으로 불리는데 모두 81장이다. 『도덕경』은 여러 사람의 손을 거치면서 첨삭되었을 것이라 추정하는데, 그렇다 하더라도 그런 높은 정신을 갖춘 사람이 있었던 것은 분명하다. 한대 분묘에서 『백서노자』가 발견되었는데, 편제가 종전의 것과 달리 덕경이 앞에 있고, 도경이 뒤에 있다. 그리고 노자는 판본에 따라 자구가 다른 부분도 있지만 대체적으로 큰 차이는 없다.

노자 철학의 기본 정신은 자연으로 돌아가 자연인自然人으로서 자유인自由人이 되는 인간의 자연성 회복이다. 그래서 그의 철학적 특징은 자연주의 철학이라 할 수 있고, 접근 방법으로 규정하면 거시철학巨視哲學이라고 할 수 있다. 왜냐하면 주대의

찬란한 문화는 자연을 압도하여 충후忠厚함을 잃고 야해졌기 때문이다. 그런 때문에 공자도 문화와 자연이 잘 어울리도록 할 것을 주장하였는데, 노자는 아예 문화를 거부하고 질박한 자연인으로 돌아갈 것을 주장한 것이다.

노장 철학은 인간의 자연성 회복을 위해 분석적이고 미시적微視的인 방법이 아닌, 총체적이고 거시적巨視的인 방법을 썼다. 그의 거시적 방법은 문제를 적극 해결하려는 정면 돌파의 방법이 아니라, 문제를 아예 없애거나 문제시하지 않는 방법이다.

노자의 주요 사상은 무위자연이란 말로 압축할 수 있는데, 무위無爲 · 무욕無欲 · 현玄 · 허虛 · 정靜처럼 인위적인 것을 버림으로써 가장 자연스런 경지에 이르고자 하였다. 이 때문에 정신 수양이나 예술 활동을 하는 사람들이 좋아하는 고전이 되었다.

주요 개념어 :
道, 常道, 德, 無, 無爲, 無知, 無名, 無私, 無欲, 自然, 自化, 自勝, 復歸, 玄, 虛, 靜

1. 一常又玄 일상우현
   도는 늘 같지만 현묘하고 현묘하다.
2. 相補相生 상보상생
   만물은 서로 보완하면서 상생한다.
3. 行不致無 행불치무
   인위를 행하지 않으면 무위자연에 이른다.
4. 沖道和物 충도화물
   허정한 도가 만물을 조화시킨다.
5. 淸天淡聖 청천담성
   자연스런 천지와 성인은 억지로 하는 것이 없다.
6. 天玄地牝 천현지빈
   하늘은 현묘하고 땅은 여성스럽다.
7. 先人後己 선인후기
   남을 먼저 하고 나를 나중에 한다.
8. 處下利物 처하이물
   자신은 손해보고 남을 이롭게 한다.
9. 隱身揜名 은신엄명
   몸을 숨기고 이름을 가린다.
10. 玄德抱一 현덕포일
   현묘한 덕은 도를 품고 있다.

11. 有無相依 유무상의
    유와 무가 서로 의지해 있다.

12. 去華取素 거화취소
    화려한 것을 버리고 소박한 것을 취한다.

13. 無己無私 무기무사
    나를 버려 사욕이 없다.

14. 夷希微幾 이희미기
    색깔도 소리도 만질 수도 없는 태초의 혼돈이 도의 기미이다.

15. 徐言慢行 서언만행
    언행을 서서히 하며 살아간다.

16. 知常歸根 지상귀근
    상도를 알고 근본으로 돌아간다.

17. 貴言愼行 귀언신행
    말을 아끼고 행동을 신중하게 한다.

18. 道隱僞顯 도은위현
    도가 숨으면 거짓이 나타난다.

19. 天德地心 천덕지심
    도를 따르면 덕은 하늘같고 마음은 땅같다.

20. 俗明聖昏 속명성혼
    속인은 이해에 밝고 성인은 어둡다.

21. 孔德從道 공덕종도

욕심 비운 덕이라야 도를 따른다.

22. 直枉新敝 직왕신폐

굽은 것을 곧게 펴고 묵은 것을 새롭게 한다.

23. 同道合德 동도합덕

같은 도로 덕을 합한다.

24. 有爲無功 유위무공

억지로 하면 일이 되지 않는다.

25. 法自順天 법자순천

스스로 그런 법칙을 본받아 천도에 순종한다.

26. 天寬地重 천관지중

하늘은 관대하고 땅은 막중하다.

27. 襲常明道 습상명도

언제나 늘 그러함을 따라 도를 실천한다.

28. 榮辱不割 영욕불할

영광과 치욕이 나뉘지 않는다.

29. 因道順德 인도순덕

도로 말미암아 덕에 순종한다.

30. 儉武厚生 검무후생

무력을 삼가고 생명을 보호한다.

31. 左道右武 좌도우무
도를 위주로 하고 무력을 보조로 한다.

32. 天眞質朴 천진질박
천진하고 질박하게 한다.

33. 自勝至强 자승지강
스스로를 이기는 자가 가장 강하다.

34. 周流普通 주류보통
도는 두루 보편적으로 통한다.

35. 道樂無味 도락무미
도를 즐기는 즐거움에는 꾸민 맛이 없다.

36. 一往一來 일왕일래
한번 가면 한번 오는 것이 자연의 도이다.

37. 有常無欲 유상무욕
상도를 지켜 사욕이 없다.

38. 去名取實 거명취실
이름을 버리고 실질을 취한다.

39. 合道同生 합도동생
도와 합치하여 만물과 함께 살아간다.

40. 玄動元縱 현동원종
현묘한 도의 변화는 스스로 본래 그런 것을 따르는 것이다.

41. 妙道若反 묘도약반

현묘한 도는 마치 상반된 것 같다.

42. 沖氣滿和 충기만화

비어 있는 기속에 조화가 가득하다.

43. 柔爲微言 유위미언

행동은 부드럽게 하고 말은 은미하게 한다.

44. 知反覺正 지반각정

반대쪽을 알고 온전한 진리를 깨닫는다.

45. 至成遺虛 지성유허

지극하게 완성된 것은 빈틈을 남긴다.

46. 欲儉心富 욕검심부

욕심이 적으면 마음은 부자가 된다.

47. 玄同妙異 현동묘이

만물은 같으면서도 다른 것이다.

48. 歸道復朴 귀도복박

자연의 도로 돌아가서 질박함을 회복한다.

49. 化人歸天 화인귀천

인위를 교화시켜 자연으로 돌아간다.

50. 遵道全生 준도전생

도를 지켜 생명을 온전히 한다.

51. 尊道貴德 존도귀덕
도와 덕을 존귀하게 위한다.

52. 復根歸本 복근귀본
만물은 근본으로 돌아간다.

53. 愼進畏行 신진외행
큰 도를 조심스레 지킨다.

54. 心虛德裕 심허덕유
욕심을 비우면 덕이 풍부해진다.

55. 知常行道 지상행도
늘 변함없음을 알고 도를 행한다.

56. 和異合同 화이합동
다른 것은 조화시키고 같은 것은 합치시킨다.

57. 虛逍靜遊 허소정유
욕심을 비워 허정하게 노닌다.

58. 教道化民 교도화민
도를 가르쳐 백성을 교화시킨다.

59. 事天積德 사천적덕
천도를 섬겨 덕을 쌓는다.

60. 淸心靜體 청심정체
마음을 깨끗이 하고 몸을 평안하게 한다.

61. 居謙處和 거겸처화

겸손하고 화기 있게 살아간다.

62. 有道無棄 유도무기

도가 있으면 버리는 것이 없다.

63. 恬事淡行 염사담행

일은 편안하고 삶은 담담하게 한다.

64. 愼微補過 신미보과

미미한 것도 삼가여 잘못 되지 않게 한다.

65. 幽深玄遠 유심현원

도에 따라 그윽하고 심원한 덕을 쌓는다.

66. 謙卑服高 겸비복고

몸을 낮추는 자가 높은 자를 다스린다.

67. 慈勇儉廣 자용검광

자애로우면 용감하고 검약하면 광대해진다.

68. 配天合地 배천합지

자연스런 덕을 쌓아 천지에 합치한다.

69. 玄德無敵 현덕무적

현묘한 덕을 갖추면 대적할 사람이 없다.

70. 懷素抱朴 회소포박

외모는 초라해도 가슴속에 순박한 덕을 품는다.

장과 주제

71. 棄智自通 기지자통
교묘한 지혜를 버리면 스스로 알게 된다.

72. 驚物愼心 경물신심
자연 변화를 두려워하고 마음을 삼간다.

73. 厭强惡爭 염강오쟁
강한 것을 싫어하고 싸움을 미워한다.

74. 棄爲濟民 기위제민
인위를 버림으로써 백성을 구제한다.

75. 重政難濟 중정난제
정치를 강화할수록 세상은 더욱 다스리기 어렵다.

76. 柔生堅死 유생견사
부드러우면 살고 굳어지면 죽는다.

77. 擧損抑盈 거손억영
비면 채워주고 차면 비워준다.

78. 弱勝强敗 약승강패
연약하면 이기고 강하면 진다.

79. 任契無怨 임계무원
계약을 맺고 일을 하면 원한이 없다.

80. 隱逸安居 은일안거
자연 속에서 자연과 더불어 편안히 살아간다.

81. 素言朴行 소언박행

언행을 소박하게 한다.

1. 一常又玄 일상우현

도는 늘 같지만 현묘하고 현묘하다.

作字呼名蓋可然 작자호명합가연
分言別語未全傳 분언별어미전전
依無託不通眞一 의무탁불통진일
觀妙行常體又玄 관묘행상체우현

도를 직접 규정하는 것이 왜 불가능한가?
분별하는 언어로는 충분히 전할 수 없기 때문이다
부정어에 의탁하여 도의 세계에 통하며
도를 관조하고 실행하면서 우현함을 체득한다

2. 相補相生 상보상생

만물은 서로 보완하면서 상생한다.

互待相成致物源 호대상성치물원

持無捨有閉玄門 지무사유폐현문

天生地化常無語 천생지화상무어

絶聖撕文敎不言 절성시문교불언

만물은 서로 짝을 이루며 근원인 도에 합치하는 것인데

무만을 취하고 유를 버리면 도를 잃는다

천지가 만물을 화생하나 언제나 아무 말이 없으니

성인과 학문을 버리고 불언의 가르침을 베푼다

3. 行不致無 행불치무

인위를 행하지 않으면 무위자연에 이른다.

貴貨崇賢扶混僞 귀화숭현부혼위

虛心實腹興安利 허심실복흥안리

除私去欲不冥行 제사거욕불명행

棄智罷爲何不治 기지파위하불치

재물을 귀히 하고 현인을 숭상하면 혼란을 부추기나

마음을 비우고 몸을 실하게 하면 안전하고 이로워진다

사욕을 버려 어리석은 짓 않으니

기지와 인위를 버린다고 어찌 다스리지 못하랴

4. **沖道和物** 충도화물

허정한 도가 만물을 조화시킨다.

空虛拓廣不能充 공허척광불능충
遡本推源若大宗 소본추원약대종
挫銳和光無竭盡 좌예화광무갈진
幽淸隱淡或如鎔 유청은담혹여용

도의 비어 있는 넓은 세계 채워도 어찌 다 채울 수 있으랴
근본을 거슬러 올라가보니 만물의 근원인 듯
예리한 것을 꺾고 빛나는 것을 부드럽게 하는 도를 다 쓰지 못하니
그윽히 담백함에 녹아드는 듯

5. **清天淡聖** 청천담성

자연스런 천지와 성인은 억지로 하는 것이 없다.

玄天不德放追從 현천부덕방추종

至聖無知棄學童 지성무지기학동

大廣微虛何滿溢 대광미허하만일

多言巧智不如中 다언교지불여중

천지는 의도적으로 덕을 베풀지 않아 만물을 자연스럽게 놔두고

성인은 인위적 지식이 없어 백성을 제멋대로 놔둔다

천지간의 광대하게 빈 공간을 어찌 채울 수 있을까?

많은 말과 교묘한 지혜는 종종 궁색하므로 중용을 지키느니만 못하다

6. 天玄地牝 천현지빈

하늘은 현묘하고 땅은 여성스럽다.

秘谷靈神萬物源 비곡영신만물원

幽玄渺牝邈天根 유현묘빈막천근

天生地化沿無限 천생지화연무한

物變人更復本元 물변인경복본원

신령한 곡신은 만물의 원천이고

그윽한 현빈이 바로 천지의 근본이다

천지가 만물을 화생함이 무궁하니

사물과 사람의 변화는 도를 따른다

7. 先人後己 선인후기

남을 먼저 하고 나를 나중에 한다.

奇天妙地若何更 기천묘지약하경

自己犧牲不自榮 자기희생부자영

水聖風王何處事 수성풍왕하처사

無私度外不成名 무사도외불성명

현묘한 하늘과 땅은 어떻게 경신하나?

자기를 희생할 뿐 자신의 번영을 추구하지 않는다

자연스런 성인과 임금은 어떻게 일을 하나?

자기를 버리고 남을 먼저하며 이름을 드러내지 않는다

8. 處下利物 처하이물

자신은 손해보고 남을 이롭게 한다.

損己加他處蔭卑 손기가타처음비

除矛擧盾守生機 제모거순수생기

忠言愼動無尤悔 충언신동무우회

正治仁施有隱微 정치인시유은미

자신은 손해보고 남을 이롭게 하며 사람들이 싫어하는 데

거처하며

공격하지 않고 방비하며 삶의 기틀을 지킨다

충성스런 말과 근신하는 행동은 잘못과 뉘우침이 없고

바르게 다스리고 어질게 해도 은미하게 한다

9. 隱身揜名 은신엄명

몸을 숨기고 이름을 가린다.

持仁積德何如毖 지인적덕하여비

練智磨心何若棄 연지마심하약기

貪富豪驕自引憂 탐부호교자인우

成功順道避名利 성공순도피명리

인덕을 쌓는 것은 어찌 삼감만 하며

지혜를 닦고 마음을 예리하게 하는 것은 어찌 아니함만 하겠는가?

부귀를 탐내고 교만하면 스스로 걱정을 초래하니

공이 이루어지면 천도를 따르고 명리를 피한다

10. 玄德抱一 현덕포일

현묘한 덕은 도를 품고 있다.

虛心抱一能無忒 허심포일능무특

靜氣和柔能胎息 정기화유능태식

棄智無爲能治民 기지무위능치민

成功不伐能玄德 성공불벌능현덕

마음을 비우고 도를 품으면 정신이 자연과 어긋남이 없고
안정된 기운을 부드럽게 지키면 몸이 어린애같이 될 수 있다
지혜를 버려 무위하게 되면 나라를 다스릴 수 있고
공을 세워도 뽐내지 않으면 세상 사람들이 모르게 덕을 이룰 수 있다

11. **有無相依** 유무상의

유와 무가 서로 의지해 있다.

卅輻雙輪鑿一標 삽복쌍륜착일표

融土密埴闕虛坳 융토밀식궐허요

開門闢牖成居室 개문벽유성거실

繼有聯無結補交 계유연무결보교

30개 바퀴살과 두 바퀴는 모두 한가운데를 뚫어야 하고

진흙을 이겨 그릇을 만들어도 가운데를 비워둔다

대문과 창문을 내어 거실을 만들 듯

유와 무를 연결하여 보완하는 것이다

12. 去華取素 거화취소

화려한 것을 버리고 소박한 것을 취한다.

五色五音喪德律 오색오음상덕률
驅馳狩獵淪狂逸 구치수렵윤광일
金財玉寶害天倫 금재옥보해천륜
實腹虛心開素質 실복허심개소질

인위적인 색깔과 소리는 자연의 덕을 상하게 하고
말달려 사냥함은 광란에 빠지게 한다
금은보화는 천륜을 해치니
배를 불리고 마음을 비워 소박함을 열어간다

13. 無己無私 무기무사

나를 버려 사욕이 없다.

懼寵驚慙若大倫 구총경참약대륜
居榮貴患若佳珍 거영귀환약가진
爲身捨欲能無咎 위신사욕능무구
重世如家可濟民 중세여가가제민

총애와 부끄러움에 놀람은 큰 도리를 지키는 것처럼 여기고
명예를 얻되 근심걱정을 귀하게 함은 보배처럼 여긴다
자기 몸을 위하되 사사로움을 버리면 허물이 없고
세상을 중히 여김 자기 집같이 하면 천하를 구제할 수 있다

14. 夷希微幾 이희미기

색깔도 소리도 만질 수도 없는 태초의 혼돈이 도의 기미이다.

無色無形曰眇夷 무색무형왈묘이

無音無響曰聾希 무음무향왈농희

無摩無搏曰微細 무마무박왈미세

混沌玄同曰道幾 혼돈현동왈도기

무색무형한 것은 맹인의 색깔이라 하고

무음무향한 것은 귀머거리의 소리라 하며

만질 수도 없는 것은 속이 없는 작은 것이라 하는데

이 세 가지가 하나로 된 태초의 혼돈을 도의 기미라고 한다

15. 徐言慢行 서언만행

언행을 서서히 하며 살아간다.

慢豫徐探若險危 만예서탐약험위

端衣愼體若容疑 단의신체약용의

敦言篤行若淳朴 돈언독행약순박

貫妙通玄若不知 관묘통현약부지

서서히 예측하고 탐색함은 위험한 곳 지나 듯

몸가짐을 근신함은 의심받는 사람인듯

돈독한 언행은 순박한 듯

도의 현묘함을 통달해도 모르는 듯

16. **知常歸根** 지상귀근

상도를 알고 근본으로 돌아간다.

守靜存虛致大元 수정존허치대원

愚人混物自歸根 우인혼물자귀근

知常復命行公路 지상복명행공로

普道周通一不冤 보도주통일불원

허정함을 지켜 근본적인 도에 따르니

자연에 따르는 사람과 사물은 스스로 근본으로 돌아간다

상도를 알고 천명을 따르면 공정해질 수 있고

보편의 도 두루 통하니 누구도 원망없다

17. **貴言愼行** 귀언신행

말을 아끼고 행동을 신중하게 한다.

保命全生都重扈 보명전생도중호

攻威巧智皆輕侮 공위교지개경모

功成事遂處無名 공성사수처무명

愼行希言天下詁 신행희언천하고

백성들의 생명을 보전해주면 모두가 뒤따르고

무력과 속임술로 통치하면 업신여겨 모욕한다

공을 이뤄 성사되어도 이름을 드러내지 않고

행동을 신중히 하고 말이 적으면 천하가 칭송한다

18. **道隱僞顯** 도은위현

도가 숨으면 거짓이 나타난다.

蒙玄廢道生仁智 몽현폐도생인지

敏計明謀隆大僞 민계명모융대위

親喧兄騷奉孝慈 친훤형소봉효자

民紛國亂高忠義 민분국란고충의

현묘한 도를 잃으면 인의와 지혜가 생기고

교묘한 계략을 행하면 큰 거짓이 생긴다

가족이 불화하면 효도와 자애를 숭상하고

국가가 혼란하면 충성과 절의를 드높인다

19. 天德地心 천덕지심

도를 따르면 덕은 하늘같고 마음은 땅같다.

廢學盲文除智敎 폐학맹문제지교

投仁擲義歸慈孝 투인척의귀자효

求金貪玉越乾坤 구금탐옥월건곤

朴德虛心安竇窖 박덕허심안두교

학문을 버려 지혜 교육을 제거하고

인의를 버려 자애와 효도를 행하게 한다

금은보화를 탐내면 욕심은 천지도 부족하고

소박한 덕을 지니고 마음을 비우면 움집도 편안하다

20. 俗明聖昏 속명성혼

속인은 이해에 밝고 성인은 어둡다.

勉學勤强盍患危 면학근강합환위

畏驚惡惡不行違 외경오악불행위

風塵韻俗如登閣 풍진운속여등각

沌聖昏賢若失歸 돈성혼현약실귀

학문과 힘을 기르고 어찌 꾀의 위험을 걱정하지 않는가?

놀라운 일을 두려워하고 악을 싫어하여 잘못을 저지르지 않는다

멋스런 속세 사람들은 누각에 오르는 듯 즐거워하나

어리숙한 성현은 돌아갈 곳을 잃은 것 같다

21. 孔德從道 공덕종도

욕심 비운 덕이라야 도를 따른다.

眞精至極藏幽寶 진정지극장유보
恍惚昏冥懷化造 황홀혼명회화조
自古無名保物根 자고무명보물근
虛心孔德才從道 허심공덕재종도

지극히 천진함 속에 숨은 보물이 있고
황홀하고 까마득한 속에 변화의 조짐이 있다
도는 자고로 무명하므로 만물의 근본을 보존하고
욕심 비운 덕이라야 도를 따른다

22. 直枉新敝 직왕신폐

굽은 것을 곧게 펴고 묵은 것을 새롭게 한다.

平窪直枉歸天紀 평와직왕귀천기

毁舊生新從命理 훼구생신종명리

抱一持中萬物均 포일지중만물균

爲人損己成全美 위인손기성전미

웅덩이를 메우고 굽은 것 펴줌은 천도를 따르고

묵은 것을 새롭게 함은 생명의 이치를 따르는 것

도를 품고 중용의 도를 지켜 만물이 균등해지니

남을 위해 나를 희생함은 완전한 아름다움을 이루는 것

23. 同道合德 동도합덕

갈은 도로 덕을 합한다.

飄風驟雨無終日 표풍취우무종일

地理天時非永律 지리천시비영률

合道同行濟萬人 합도동행제만인

違眞背德逢淫逸 위진배덕봉음일

폭풍우는 오래 못가고

천지의 운행도 영원한 게 아니다

천도와 조화를 이루면 만인을 구제하나

진실과 덕을 위배하면 방탕하게 된다

24. 有爲無功 유위무공

억지로 하면 일이 되지 않는다.

自明自是不彰通 자명자시불창통

自伐自矜失大功 자벌자긍실대공

餘食多言何處用 여식다언하처용

觀玄體道不相從 관현체도불상종

스스로 밝히고 옳다하면 통하지 않고

스스로 자랑하고 뽐내면 큰 공을 잃는다

남은 음식 군더더기 말 어디에 쓸까

현묘한 도를 보고 몸으로 실천하여 상종하지 않는다

25. **法自順天** 법자순천

스스로 그런 법칙을 본받아 천도에 순종한다.

獨立周行不殆遷 독립주행불태천

玄冥混沌得和全 현명혼돈득화전

微離大逝無非反 미리대서무비반

順地從天法自然 순지종천법자연

홀로 두루 운행하여도 위험하지 아니하고

뒤섞여 혼돈스러워도 완전한 조화를 이룬다

얼마를 떠나도 근원으로 돌아오지 않는 것이 없으니

인간은 땅을 본받고 하늘을 본받으며 모두 스스로

그러함을 본받는다

26. 天寬地重 천관지중

하늘은 관대하고 땅은 막중하다.

寬天重地做輕根 관천중지주경근

靜養徐生作躁君 정양서생작조군

隱處閑居輕萬祿 은처한거경만록

觀榮動欲重浮雲 관영동욕중부운

천지는 가벼운 자의 뿌리가 되며

조용하게 서서히 사는 것은 조급한 자의 임금이 된다

한가하게 은거하면 세상 가볍기가 털끝 같으나

영예를 보고 충동을 일으키면 헛된 욕심 무겁기가

천근만근이다

27. **襲常明道** 습상명도

언제나 늘 그러함을 따라 도를 실천한다.

善去善來不可程 선거선래불가정

善言善語不能評 선언선어불능평

輔尤救惡歸常德 보우구악귀상덕

化智成愚復襲明 화지성우복습명

잘 가고 오는 자는 과정을 알 수 없고

말을 잘하는 자는 비평할 수 없다

선하지 못한 사람을 인도하여 본성으로 돌아가고

잔꾀를 버려 순박하게 하여 도의 밝음으로 돌아간다

28. 榮辱不割 영욕불할

영광과 치욕이 나눠지 않는다.

知男守女德無克 지남수녀덕무극

知是守非德不忒 지시수비덕불특

知辱守祿德不功 지욕수록덕불공

歸嬰復樸德無極 귀영복박덕무극

수컷을 알고 암컷을 지키면 그 덕은 싸워서 이길 수 없고

옳음을 알고 그름을 지키면 그 덕이 어긋나지 않는다

욕됨을 알고 복록을 지키면 그 덕은 공을 세우지 않고

어린아이로 돌아가 소박하게 되면 상덕은 끝이 없다

29. 因道順德 인도순덕

도로 말미암아 덕에 순종한다.

救世爲民無妄欲 구세위민무망욕

神機妙器無迷觸 신기묘기무미촉

除情去欲得無爲 제정거욕득무위

順道從天怡自足 순도종천이자족

세상을 구제하여 백성을 위함에 쓸데없는 욕심이 없고

천하는 신기한 물건이라서 모르고 손댐이 없다

인정과 사욕을 제거하여 무위함을 얻고

도에 따라 천성을 좇으며 자족함을 기뻐한다

30. **儉武厚生** 검무후생

무력을 삼가고 생명을 보호한다.

徵兵作戰起凶萌 징병작전기흉맹

廢畝荒田養草荊 폐무황전양초형

去傲存謙持軟弱 거오존겸지연약

輔君致道不攻爭 보군치도불공쟁

대군을 모아 작전을 하면 흉년이 들고

병사가 주둔하면 전답을 황폐시키고 초목만 기른다

오만함을 떨치고 겸손하게 연약함을 지키며

임금이 도에 이르도록 보필하여 싸우지 않게 한다

31. 左道右武 좌도우무

도를 위주로 하고 무력을 보조로 한다.

佳兵銳戟招來涕 가병예극초래체
淡鬪恬爭何及體 담투념쟁하급체
樂殺耽殘不得民 낙살탐잔부득민
贏征勝伐行喪禮 영정승벌행상례

훈련된 군대와 날카로운 무기는 백성을 슬프게 하니
부득이 사용할 땐 담백하게 하니 어찌 치명적이겠는가?
죽이기를 좋아하면 천하를 얻을 수 없으니
전승 기념식을 상례로 치른다

32. 天眞質朴 천진질박

천진하고 질박하게 한다.

妙道神常何學識 묘도신상하학식

玄形素質何修飾 현형소질하수식

君王朴德化臣民 군왕박덕화신민

萬物均調滋氣力 만물균조자기력

현묘한 상도를 어떻게 배워 알 수 있으며

소박한 형질을 어떻게 묘사할 수 있으랴

군왕의 소박한 덕은 신하와 백성을 교화하고

만물은 고루 조화를 이루어 생기를 기른다

33. 自勝至强 자승지강

스스로를 이기는 자가 가장 강하다.

自勝不爭曰至强 자승부쟁왈지강

自知不學曰明良 자지불학왈명량

自存不失曰長壽 자존불실왈장수

自足不充曰富莊 자족불충왈부장

스스로를 이겨 남과 싸우지 않으면 지극히 강하다 하고
스스로의 본성을 알아 학문을 배우지 않으면 현명하다 한다
스스로 본성을 지켜 잃지 않는 자를 장수한다고 하고
스스로 족한 줄 알고 욕심부리지 않으면 부자라고 한다

34. 周流普通 주류보통

도는 두루 보편적으로 통한다.

普汜周流不厭通 보범주류불염통

滋生育氣不稱功 자생육기불칭공

獻身納命無爲大 헌신납명무위대

萬物回來復造沖 만물회래복조충

도는 골고루 두루 통하여 이르지 않는 곳이 없으나 그런 것을 싫어하지 않고

만물의 생명을 기르나 자기 공으로 여기지 않는다

자기를 희생하고도 위대하다고 자랑하지 않으니

만물이 돌아와 도에 복귀한다

35. 道樂無味 도락무미

도를 즐기는 즐거움에는 꾸민 맛이 없다.

大象無形萬物漫 대상무형만물만

玄常不害國民安 현상불해국민안

和音美樂嘉賓至 화음미악가빈지

靜聽無聞上士歡 정청무문상사환

도는 형체가 없지만 만물은 퍼져나가고

불가사의하게 늘 변하지 않아 해치지 않으니 백성이 평안하다

좋은 음악소리는 과객을 끌어들이지만

들어도 들리지도 않는 도는 덕 높은 사람이 좋아한다

36. 一往一來 일왕일래

한번 가면 한번 오는 것이 자연의 도이다.

一歙一張成伴侶 일흡일장성반려
除虧奪取先施與 제휴탈취선시여
微明眺覽濟人民 미명조람제인민
利器神機不可語 이기신기불가어

한번 움츠리고 한번 펼치며 짝을 이루는 것이니
제거하고 빼앗는 것보다 먼저 베풀어야 한다
도를 통찰하여 백성을 구제해야 하나
국가를 다스리는 비법을 말해서는 안 된다

37. 有常無欲 유상무욕

상도를 지켜 사욕이 없다.

隱鬼幽神何可怕 은귀유신하가파

玄王素德民同化 현왕소덕민동화

天然質朴鎭人情 무명불욕진인정

體靜心虛天下暇 체정심허천하가

천지 음양의 작용이 어찌 두려운 것인가

자연스런 군왕의 소박한 덕에 백성이 동화된다

천연스럽고 질박한 것이 사사로운 인정을 눌러주니

몸과 마음을 허정하게 하여 자연스러우면 천하가

한가롭다

38. 去名取實 거명취실

이름을 버리고 실질을 취한다.

高天廣地只無爲 고천광지지무위

上德無爲拂認知 상덕무위불인지

下德人爲持意識 하덕인위지의식

揚華抑果互乖離 양화억과호괴리

크고 넓은 천지는 늘 무위할 뿐이듯

최고의 덕은 무위할 뿐 하지 않음조차 알지 못한다

낮은 덕은 억지로 하면서 그 행위를 염두에 두니

보이는 것에 집착하고 실질을 잃어 서로 어긋난다

39. 合道同生 합도동생

도와 합치하여 만물과 함께 살아간다.

天淸地靜不爲陵 천청지정불위능

主貴臣卑不以層 주귀신비불이층

秘略欺謀招失敗 비략기모초실패

全生穩一自然興 전생온일자연흥

하늘은 맑고 땅은 고요하지만 서로 침범하지 않으니

임금은 귀하고 신하는 비천해도 일부러 계층을 만들려 하지 않는다

비밀스런 계략은 실패할까 두려우니

생명과 도를 온전하게 지키면 자연스레 홍성하게 된다

40. 玄動元縱 현동원종

현묘한 도의 변화는 스스로 본래 그런 것을 따르는 것이다.

終廻始返通玄統 종회시반통현통
弱治柔和穿妙用 약치유화천묘용
物化人生本道幾 물화인생본도기
幾微混沌因元縱 기미혼돈인원종

사물이 근본으로 되돌아가는 것은 현묘한 도의 움직임이고
약한 것이 강한 것을 다스리는 것은 도를 활용하는 것이다
만물이 화생하는 것은 도에 근본을 둔 것이며
도가 혼돈 무명한 것은 본래 그렇기 때문이다

41. 妙道若反 묘도약반

현묘한 도는 마치 상반된 것 같다.

上士無知如昧傀 상사무지여매괴

天人不一如渝改 천인불일여투개

幽音不響若希聲 유음불향약희성

妙道無名如不在 묘도무명여부재

도를 밝게 깨달은 사람은 무지하여 꼭두각시 같고

천진스런 사람은 같은 것이 없어 이랬다저랬다 하는 것 같다

그윽한 소리는 울림이 없어 들리지 않는 것 같고

묘한 도는 이름이 없어 부재하는 것 같다

42. **沖氣滿和** 충기만화

비어 있는 기속에 조화가 가득하다.

陰陽合氣物無斯 음양합기물무사

損益相傾主固辭 손익상경주고사

養善懷謙無聖俗 양선회겸무성속

强生致死作反師 강생치사작반사

음양의 기가 화합하므로 만물은 조화를 이루어 쪼개짐이 없고

만사가 상대적인 것이니 임금은 스스로 낮추어 덕이 없다고 사양한다

선을 기르고 겸손하게 교육하는 것은 성인과 속인이 다름없지만

성인은 무리하게 살고자 하면 죽는다는 것을 반면교사로 삼는다

43. 柔爲微言 유위미언

행동은 부드럽게 하고 말은 은미하게 한다.

軟弱和柔勝硬頑 연약화유승경완

無時無處入無間 무시무처입무간

强爲迫行反天道 강위박행반천도

隱逸幽居避險艱 은일유거피험간

유약한 자가 단단하고 완고한 자를 이기고

때도 없고 존재함도 없는 것이 틈이 없는 곳으로

들어간다

억지로 이익을 추구함은 천도에 거역하는 것

자연속에서 조용히 살며 험난한 것을 피한다

44. 知反覺正 지반각정

반대쪽을 알고 온전한 진리를 깨닫는다.

昏神敏利孰逢梏 혼신민리숙봉곡

制欲從情孰受辱 제욕종정숙수욕

靜止妄跑孰致危 정지망포숙치위

虛心滿貪孰栽毒 허심만탐숙재독

세상 이익에 어두운 것과 민첩한 것 중 어느 것이 어려움에 처하게 되며

욕심을 제어함과 제멋대로 방종하는 것 중 어느 것이 욕을 보겠는가?

멈출 줄 아는 것과 망녕되이 하는 것 중 어느 것이 위험하며

마음을 비우는 것과 탐욕을 채우는 것 중 어느 것이 독이 되겠는가?

45. **至成遺虛** 지성유허

지극하게 완성된 것은 빈틈을 남긴다.

大成若敗體無終 대성약패체무종
大滿若沖用不窮 대만약충용불궁
大直若違天下正 대직약위천하정
大中若悖萬人通 대중약패만인통

크게 이루어짐은 실패한 것 같아도 본체는 다함이 없고
크게 만족함은 빈 것 같아도 씀에 궁함이 없다
크게 바름은 잘못 된 것 같아도 세상이 바르게 되고
크게 중용이 되는 것은 어긋난 것 같아도 만인에 통한다

46. 欲儉心富 욕검심부

욕심이 적으면 마음은 부자가 된다.

靜氣虛心隆慶嘏 정기허심융경하

充財滿寶招危禍 충재만보초위화

淸情泊欲不憂牢 청정박욕불우뢰

廣德寬思何害我 광덕관사하해아

기를 맑게 하고 마음을 비우면 경사스러운 복이 찾아오나

욕심으로 재물을 채우면 화를 자초한다

정욕을 담박하게 하면 죄를 걱정하지 않으며

덕을 넓히고 생각을 너그러이 하면 어찌 소박한 자아를

해칠 수 있으랴

47. **玄同妙異** 현동묘이

만물은 같으면서도 다른 것이다.

覺異知同窮物網 각이지동궁물망

臻遙失德愈迷罔 진요실덕유미망

通常貫道致幾微 통상관도치기미

費智勞心蒙大象 비지노심몽대상

만물이 다르면서 같다는 것을 알면 사물의 관계를 통달하나

도에서 생각이 멀어질수록 덕을 잃어 더욱 미혹에 빠진다

성인은 도를 꿰뚫어 보고 기미를 알아차리지만

보통 사람은 노심초사하나 큰 도를 알지 못한다

48. 歸道復朴 귀도복박

자연의 도로 돌아가서 질박함을 회복한다.

修文習學成豊博 수문습학성풍박

積道虛心爲素略 적도허심위소략

處事安身順自然 처사안신순자연

平常淡泊無非樂 평상담박무비락

학문을 배우고 익히면 지식은 풍부하고 넓어지지만

도에 따라 날로 비워가면 정신은 소박하고 간략하게 된다

일을 처리하고 몸을 편안히 하는 것은 자연을 따르고

평상시 담백하게 살면 즐겁지 않은 것이 없다

49. **化人歸天** 화인귀천

인위를 교화시켜 자연으로 돌아간다.

無私無己聖人禁 무사무기성인금
有執有偏百姓淫 유집유편백성음
左是右非互遞認 좌시우비호체인
渾同歙一作眞任 혼동흡일작진임

사심이 없는 것은 성인이 금욕하기 때문이고
그 어느 것에 편파 되는 것은 백성이 방탕하기 때문이다
성인은 서로 서로 다른 것을 인정하고
화합하고 혼연일체가 되게 함을 참된 임무로 삼는다

50. 遵道全生 준도전생

도를 지켜 생명을 온전히 한다.

淪危沒險有災殃 윤위몰험유재앙
保性持心制欲望 보성지심제욕망
厚命延生長壽福 후명연생장수복
身安口味若何當 신안구미약하당

위험에 노출되면 재앙이 있으니
본성을 지켜 욕망을 제어한다
생명을 보호하면 수복을 길게 할 수 있으나
몸이 편하고 입이 맛을 찾는 것은 어찌 당하려나

51. 尊道貴德 존도귀덕

도와 덕을 존귀하게 위한다.

道生德畜勢成躬 도생덕축세성궁

天變地應物感通 천변지응물감통

穩氣平心安性命 온기평심안성명

無情不欲復玄同 무정불욕복현동

도가 낳고 덕이 길러주며 생명력이 만물의 몸을 형성하고

천지가 조화를 이루며 변화하니 만물은 그에 느껴 통한다

심신을 편안히 하여 생명을 안정시키고

정욕을 맑게 하여 피차의 구별이 없는 세계로 돌아간다

52. 復根歸本 복근귀본

만물은 근본으로 돌아간다.

失道亡中萬物喪 실도망중만물상

滋根守母體無瘡 자근수모체무창

回柔返弱開生命 회유반약개생명

養德修常閉咎殃 양덕수상폐구앙

도를 잃고 중심을 잃으면 만물을 죽이지만

근본적인 도를 기르고 지키면 몸에 탈이 없다

유약한 데로 돌아가 생명의 길을 열고

덕을 기르고 상도를 배워 재앙을 막는다

53. 愼進畏行 신진외행

큰 도를 조심스레 지킨다.

大道公通衆好爭 대도공통중호쟁
開門闊隘聖邅行 개문활애성전행
華宮美闕荒田畓 화궁미궐황전답
利劍餘財壞石城 이검여재괴석성

대도는 공평하게 통하는 것인데 백성들은 다투기를 좋아하고
문이 활짝 열려 길이 넓어도 성인은 조심스레 지나간다
화려한 궁궐은 농토를 황폐하게 만들고
날카로운 무기와 남아도는 재물은 오히려 성곽을 무너뜨린다

54. 心虛德裕 심허덕유

욕심을 비우면 덕이 풍부해진다.

怡虛悅道根無竭 이허열도근무갈

繼祖承孫祠不撤 계조승손사불철

度己觀人德裕餘 탁기관인덕유여

爲民救世功豊潔 위민구세공풍결

마음을 비우고 도 지키기를 좋아하니 그 근본은 소진됨이 없고

조상과 후손으로 이어지니 그 제사는 그침이 없다

자기를 헤아려 남에게 대하니 덕에 남음이 있고

백성을 위해 세상을 구제하니 공덕이 넘치고 깨끗해진다

55. 知常行道 지상행도

늘 변함없음을 알고 도를 행한다.

不欲無侵沒自他 불욕무침몰자타
包常拱德至精和 포상공덕지정화
加生益壽深憂患 가생익수심우환
志壯情强若道何 지장정강약도하

욕심이 없어 남의 물건 침범하지 않음 어린아이처럼 자타가 없고
도에 따르는 상덕을 받들어 만물과 잘 조화를 이룬다
억지로 오래 살기 위해 인위를 가함은 걱정을 깊게 하는데
의지와 사사로운 감정을 강화한다면 도는 어찌 할 것인가?

56. 和異合同 화이합동

다른 것은 조화시키고 같은 것은 합치시킨다.

閉口關門恬自足 폐구관문염자족
和光挫銳偕塵俗 화광좌예해진속
玄同妙道出人間 현동묘도출인간
利害親疏何可觸 이해친소하가촉

욕심의 출입문을 닫고 스스로 족함을 편안히 여기며
드러남을 부드럽게 하여 세속과 함께 한다
아득히 구분이 없는 현묘한 도는 속세 밖에 있으니
이해관계나 친소관계가 어찌 근접할 수 있을까

57. **虛逍靜遊** 허소정유

욕심을 비워 허정하게 노닌다.

默行幽言自善政 묵행유언자선정

湛平好靜自中正 담평호정자중정

無爲處事自餘閑 무위처사자여한

實腹虛心自素淨 실복허심자소정

임금이 묵묵히 도를 실행하니 정치가 스스로 잘 되고

평정함을 좋아하니 스스로 바르게 된다

자연스럽게 하여 일을 처리하니 스스로 한가해지고

생명을 충실히 하고 마음을 비우면 스스로 깨끗해진다

58. **教道化民** 교도화민

도를 가르쳐 백성을 교화시킨다.

刑迷政悶民淳潔 형미정민민순결

監察探看民缺缺 감찰탐간민결결

禍害危難倚福榮 화해위난의복영

君渾俗沌何時節 군혼속돈하시절

형정이 어수룩하니 백성들이 순진하고 깨끗해지고

세밀하게 감찰하니 백성들이 잔달아진다

화해나 위난도 복 속에 의지하고 있으니

세상이 어수룩했던 시절은 언제였던가?

59. 事天積德 사천적덕

천도를 섬겨 덕을 쌓는다.

正命無方能積德 정명무방능적덕

虛心至極能經國 허심지극능경국

農夫早服重耘耕 농부조복중운경

實柢充根何可測 실저충근하가측

타고난 본성을 바르게 하면 덕을 쌓을 수 있고

욕심 비움을 지극히 하면 나라를 다스릴 수 있다

농부가 일찍 들에 나감은 농사를 중시하는 때문이니

근본을 충실히 하는 것을 어찌 알 수 있겠는가

60. 清心靜體 청심정체

마음을 깨끗이 하고 몸을 평안하게 한다.

治國齊家忡喪淨 치국제가충상정

修身養體憂傷性 수신양체우상성

宗常主道不違天 종상주도불위천

至聖靈神相合命 지성영신상합명

나라와 집안을 다스리는 것은 자연의 순수성 상실이 걱정되고

심신 수양은 자연 본성의 상실이 걱정된다

상도를 지키는 삶은 천도를 거스르지 않으니

지극한 성인과 신령한 귀신도 천명에 따른다

61. 居謙處和 거겸처화

겸손하고 화기 있게 살아간다.

江河處下潨微滴 강하처하총미적

大國居謙降小國 대국거겸항소국

弱牝持和勝牡雄 약빈지화승모웅

剛柔動靜常生剋 강유동정상생극

강이 아래에 처하니 적은 물도 흘러들게 하고

대국이 겸손하면 소국을 복종시킨다

약한 암컷이 화락하면 강한 수컷을 이기듯

강함과 유약함 움직임과 고요함은 늘 상생상극한다

62. 有道無棄 유도무기

도가 있으면 버리는 것이 없다.

萬物生根基大地 만물생근기대지
黎民日用常微備 여민일용상미비
恭言敬行遠中情 공언경행원중정
僞善奸邪何有棄 위선간사하유기

모든 생명의 뿌리는 대지에 기초하나
백성들의 일상생활에는 겨우 갖추었구나
공경하는 언행도 본심에서 먼 것이지만
위선적인 간사한 언행인들 어찌 버리겠는가?

63. 恬事淡行 염사담행

일은 편안하고 삶은 담담하게 한다.

空權棄政守天壇 공권기정수천단

處事無情樂靜安 처사무정낙정안

朴外虛中宗自我 박외허중종자아

應怨報德易危難 응원보덕역위난

인위적인 정치를 버리고 하늘과 벗하며 살고

무사하게 생활하여 평안함을 즐긴다

질박하고 욕심없는 맑은 삶은 자아를 종주로 삼고

원한을 덕으로 대하여 위난을 무사하게 바꿔놓는다

64. 愼微補過 신미보과

미미한 것도 삼가여 잘못 되지 않게 한다.

居安備急救忡憂 거안비급구충우

下地盛土立九樓 하지성토입구루

執事充情招失敗 집사충정초실패

觀終察始防淪流 관종찰시방윤류

안전할 때 위험에 대비하니 근심 걱정이 없고

낮은 땅에 흙을 쌓아 높은 집을 짓는다

사사로운 정에 집착하면 일을 실패하니

처음과 끝을 신중하게 하여 잘못을 방비한다

65. 幽深玄遠 유심현원

도에 따라 그윽하고 심원한 덕을 쌓는다.

無知有道無迷惑 무지유도무미혹

百智千欺幾亂國 백지천기기난국

返本通玄致普圓 반본통현치보원

幽微素德成稽式 유미소덕성계식

무지하나 도가 있으면 미혹됨이 없으나

꾀가 많아 교묘하게 속인다면 거의 난국에 가깝다

근원으로 돌아가 현묘한 도에 통하면 두루 원만해지니

유현한 도와 소박한 덕은 한결같은 법도가 된다

66. 謙卑服高 겸비복고

몸을 낮추는 자가 높은 자를 다스린다.

長江處下觀千礫 장강처하관천력
滴瀝微柔馴石壁 적력미유순석벽
退損謙卑治國家 퇴손겸비치국가
常時到處無朋敵 상시도처무붕적

강은 낮은 데 처하여 닳은 조약돌을 바라보고
하나하나의 물방울은 유약하지만 석벽을 깎는다
물러나 겸손하게 국가를 다스리니
성인은 언제 어디서나 친구도 적도 없다

67. **慈勇儉廣** 자용검광

자애로우면 용감하고 검약하면 광대해진다.

布愛施慈能勇義 포애시자능용의

安分儉約能充備 안분검약능충비

先人後己可君王 선인후기가군왕

捨幹存枝臨死地 사간존지임사지

자애를 베푸니 용기 있게 정의를 행할 수 있고

검약을 편안히 여기니 충분히 갖출 수 있으며

다른 사람을 먼저하고 나를 뒤에 하니 임금 노릇할 수 있고

근본을 버리고 말단을 취하니 죽게 되는 것이다

68. 配天合地 배천합지

자연스런 덕을 쌓아 천지에 합치한다.

善師善將無良驥 선사선장무양기

善戰善爭無忿懥 선전선쟁무분치

妙用神能處下方 묘용신능처하방

幽玄遠德參天地 유현원덕참천지

훌륭한 장수는 힘을 보임이 없고

싸움을 잘하는 사람은 화를 냄이 없다

백성을 억지로 부리지 않으면서도 잘 부릴 수 있는

사람은 아래에 처하며

지극한 덕을 갖춘 사람이라야 천지와 더불게 된다

69. **玄德無敵** 현덕무적

현묘한 덕을 갖추면 대적할 사람이 없다.

行軍進旅無踪徑 행군진려무종경

匹馬威風當百乘 필마위풍당백승

忽敵輕情失石城 홀적경정실석성

玄矛妙盾拿慈勝 현모묘순나자승

용병의 진퇴는 종적을 알 수 없고

필마의 위풍으로도 백대 전차를 막을 수 있다

적을 소홀히 대하고 정보를 가볍게 여기면 석성을 잃고

현묘한 도가 자애로운 승리를 한다

70. 懷素抱朴 회소포박

외모는 초라해도 가슴속에 순박한 덕을 품는다.

作號稱名依系譜 작호칭명의계보

居公處事從君主 거공처사종군주

明天昧我守嘉珍 명천매아수가진

被褐居窩懷玉府 피갈거와회옥부

이름을 짓고 부를 때는 사물의 계통을 따르고

국가의 일을 처리할 때는 군주를 따른다

도에 밝고 사욕에 어두울 때 나를 귀한 존재로 지킬 수 있고

성인은 거친 삼베옷을 입고 움막에 살아도 가슴속엔

귀중한 정신을 품고 있는 것이다

71. 棄智自通 기지자통

교묘한 지혜를 버리면 스스로 알게 된다.

順道從天致不終 순도종천치부종

乖眞作僞不知蒙 괴진작위부지몽

謙思遜志當愚病 겸사손지당우병

棄智無爲樂自通 기지무위낙자통

천도에 순종하는 것은 계속된다는 것을 아는 것이고

천도와 반대로 인위를 가하는 것은 어리석음을 모르는 것이다

겸손하면 어리석은 병을 이기니

지혜를 버리고 무위함으로써 저절로 자연과 통함을 즐긴다

72. 驚物愼心 경물신심

자연 변화를 두려워하고 마음을 삼간다.

視畏無驚招大慄 시외무경초대율

疲居厭處亡眞一 피거염처망진일

行中守本可常虛 행중수본가상허

去葉存根能自實 거엽존근능자실

두려워하지 않으면 큰 두려움을 초래하고

심신을 압박하면 목숨을 잃는다

중도를 행하면서 근본을 지키면 늘 빈 마음을 지킬 수 있고

말단을 버리고 근본을 보존하면 스스로 충실히 할 수 있다

73. 厭強惡爭 염강오쟁

강한 것을 싫어하고 싸움을 미워한다.

勇猛强剛招命卒 용맹강강초명졸

和柔軟弱長安逸 화유연약장안일

天神所惡孰能知 천신소오숙능지

妙網玄羅全不失 묘망현라전불실

용맹하고 강하면 죽음을 초래하고

부드럽고 연약하면 편안함을 오래 할 수 있다

하늘이 싫어하는 것을 누가 알 수 있으랴

현묘한 도의 그물은 크고 커서 결코 놓치지 않는다

74. 棄爲濟民 기위제민

인위를 버림으로써 백성을 구제한다.

亂賊狂徒不畏爭 난적광도불외쟁

流民浪士不恭生 유민낭사불공생

居閭處世歸天道 거여처세귀천도

作怪爲奇孰敢行 작괴위기숙감행

광란에 빠진 난폭한 사람은 싸움을 두려워하지 않고

떠도는 백성은 목숨을 소중히 생각지 않는다

세상살이 힘들어도 천도에 따르니

누가 감히 괴상한 짓을 하랴

75. 重政難濟 중정난제

정치를 강화할수록 세상은 더욱 다스리기 어렵다.

窮饑困餓伴多租 궁기곤아반다조

國難家離侶有踰 국난가리여유유

易死輕生君貴命 이사경생군귀명

心虛欲靜主崇愚 심허욕정주숭우

가난하여 굶주리는 것은 많은 세금과 함께 생기고
나라와 집안이 어려운 것은 지나치게 하는 정치와 동반한다
백성이 생사를 가벼이 여기는 것은 임금이 자기 목숨만 귀중히 여기기 때문이고
백성이 욕심이 없는 것은 임금이 순박함을 숭상하기 때문이다

76. 柔生堅死 유생견사

부드러우면 살고 굳어지면 죽는다.

柔生弱活硬强殃 유생약활경강앙
軟養娟長槁悴亡 연양연장고췌망
處下居和君位實 처하거화군위실
乖天逆性本心喪 괴천역성본심상

유약하게 하면 살고, 굳고 강하면 재앙이 미치며
연하고 부드러우면 잘 자라고 메마르면 죽는다
아래에 처하면서 화목하면 보위가 충실해지고
천도에 어긋나고 본성에 반하면 본심을 상실한다

77. 擧損抑盈 거손억영

비면 채워주고 차면 비워준다.

張弦拔剌平萎縮 장현발랄평위축

擧下摧高隆不畜 거하최고융불축

損有盈無補不充 손유영무보불충

功成退隱享淸福 공성퇴은향청복

활시위를 당겨 활등을 구부리는 것은 오그라진 것을 펴는 것이고

아래 것을 들어주고 높은 것을 억누름은 기르지 못한 것을 보충하는 것이다

많이 있는 것은 덜어주고 없는 것은 채워주는 것은 부족한 것을 보충하는 것이고

공을 이루고 물러나 은거하는 것은 깨끗한 복을 누리게 하는 것이다

78. 弱勝强敗 약승강패

연약하면 이기고 강하면 진다.

益物持柔無若水 익물지유무약수
爲民受辱能任璽 위민수욕능임새
行中合道若非違 행중합도약비위
正語忠言如反理 정어충언여반리

만물을 이롭게 하려 유약함을 지니는 것은 물과 같은 것이 없듯
백성을 위해 욕됨을 받아들일 수 있어야 천하의 임금이 될 수 있다
중용의 도에 따른 행동은 잘못된 행위처럼 보이고
믿을만한 참된 말은 큰 거짓처럼 보인다

79. 任契無怨 임계무원

계약을 맺고 일을 하면 원한이 없다.

和仇解怨遺餘恚 화구해원유여에

管利規民存左契 관리규민존좌계

正道公平與萬人 정도공평여만인

無親無德通迷世 무친무덕통미세

원수와 화해를 해도 여한은 남으니

이해관계를 관리하고 백성을 규제하는 데는 계약문서를

소중히 한다

정도는 공평하여 만인과 함께 하고

특별히 친하고 덕이 없어도 속세와 통한다

80. 隱逸安居 은일안거

자연 속에서 자연과 더불어 편안히 살아간다.

小國微官事不愧 소국미관사불괴

孤民簡用寶無堆 고민간용보무퇴

全生重死無輕動 전생중사무경동

狗犬相呼不往來 구견상호불왕래

나라가 작고 벼슬도 낮으니 일이 크지 않고

백성이 적고 물자도 아껴 쓰니 재물을 쌓아둠이 없다

생명을 온전히 하고 죽음을 중히 여겨 경거망동하지 않게 되고

개가 서로 짖어도 오고가지 않는다

81. 素言朴行 소언박행

언행을 소박하게 한다.

信行眞言非美具 신행진언비미구

無私有道縕餘裕 무사유도온여유

沖天滿地聳無爲 충천만지용무위

素性玄心時妙附 소성현심시묘부

참된 언행은 아름다운 것이 아니고

사사로움이 없이 도가 있으니 여유를 쌓아간다

자연스런 천지 만물은 무위하려 하고

소박한 심성을 지닌 성인은 때에 맞게 부합한다

6. 장 자

장자莊子(약B.C.369~286)의 성은 장莊이고, 이름은 주周이다. 그는 전국 시대 송宋나라 사람으로서 노자보다 200년쯤 뒤에, 공자보다는 180년쯤 뒤에 태어났다. 맹자와는 비슷한 시기에 태어났으며, 혜시惠施보다는 30년 위였지만 친한 사이였다. 그의 고향은 지금의 하남성河南省 상구현商邱縣 동북쪽이다. 그는 옻나무 밭을 관리하는 칠원리漆園吏였거나, 칠원漆園이라는 고을의 관리였다고 한다.

『장자』는 내편 7편, 외편 15편, 잡편 11편 등 전체 33편으로 구성되어 있다. 일반적으로 내편 7편은 장자의 저작이거나 말을 기록한 것이며, 외편과 잡편은 후학들의 저작이라고 한다. 외편과 잡편은 다시 세 부류로 나눌 수 있다. 그중 장자의 정신을 계승 발휘한 술장파述莊派의 것은 12편, 무하유지향으로 초탈하려는 무군파無君派의 것은 7편, 유가와 묵가를 비판·융합하려는 황로파黃老派의 것은 7편 등으로 분류할 수 있다.

장자는 노자 철학의 기본 정신을 계승 발전시킨 사람이다. 그의 주요 사상은 「소요유」편에 잘 나타나 있다.

그의 최고 목표는 자연인으로서의 자유인이 되어 소요유하며 살아가는 삶이었으며, 수양·실천의 주요 방법은 망忘과 허정虛靜 등이 있다. 망은 기억과 생활 습관상에서 떨쳐버리는 것이고, 허정은 잡된 생각이나 자기중심적 사고를 버려 마음속을 비우고 고요하게 하는 것이다. 이것은 모두 후천적 학습에 의해 얻은 것들을 버리거나 무기력하게 하는 방법이다.

노자가 형이상학과 정치철학적인 면에 치중했다면, 장자는 수양·실천론적인 면에 치중하였다. 노자가 기본 원리를 확립했다면, 장자는 그것을 활용한 사람이다. 장자는 노자의 도를 소요유하는 삶에 활용하였는데, 그 특징으로 보면 예술적·문학적이다. 『장자』가 중국 명문중 하나로 손꼽히지만, 철학 개념상 『노자도덕경』과 그 기초가 같다.

주요 개념어 : 道·德·逍遙遊·自得·無待·無何有之鄕·虛心·虛靜·忘我·忘物·玄聖素王.

1. 逍遙遊 : 逍天遊地 소천유지
온 천지를 자유롭게 노닌다.

2. 齊物論 : 解齊放物 해제방물
가지런하게 한 인간의 법을 풀어주어 만물을 놓아둔다.

3. 養生主 : 養天樂生 양천낙생
천성을 기르며 삶을 즐긴다.

4. 人間世 : 天鈞人和 천균인화
하늘이 조화를 이루니 인간이 화합한다.

5. 德充符 : 充德附天 충덕부천
덕을 닦아 천도에 부합되게 한다.

6. 大宗師 : 中俗和世 중속화세
속세에 알맞게 조화를 이룬다.

7. 應帝王 : 有道無方 유도무방
도가 있으니 자유자재롭다.

8. 駢　拇 : 鶴長鳧短 학장부단
생긴 대로 살아가면 된다.

9. 馬　蹄 : 隨物伴理 수물반리
사물에 따라 삶의 이치가 달라진다

10. 胠　篋 : 法滅道生 법멸도생
인간의 제도가 없어지니 자연의 도가 생겨난다

11. 在　宥 : 安性樂情 안성낙정
자연스런 성정을 편안히 여기고 즐긴다

12. 天　地 : 有差無別 유차무별
차이는 있으나 차별하지 않는다

13. 天　道 : 天道地德 천도지덕
하늘의 도와 땅의 덕을 본받는다

14. 天　運 : 天和人諧 천화인해
자연과 인간이 조화를 이룬다.

15. 刻　意 : 虛心解苦 허심해고
마음을 비워 번뇌를 푼다.

16. 繕　性 : 繕素失道 선소실도
소박함을 고치면 도를 잃는다.

17. 秋　水 : 無形無際 무형무제
도는 형체도 없고 끝도 없다.

18. 至　樂 : 至樂無樂 지락무락
지극히 즐거운 것은 인위적인 즐거움이 없는 것이다.

19. 達　生 : 全生通命 전생통명
생명의 이치를 온전히 한다.

20. 山　木 : 環中圓滿 환중원만
환중의 도를 따르면 원만해진다.

21. 田子方 : 出東入西 출동입서
태양은 동쪽에서 떠서 서쪽으로 진다.

22. 知北遊 : 玄水隱丘 현수은구
도의 세계는 현묘하여 형용하기 어렵다.

23. 庚桑楚 : 安心養天 안심양천
마음을 편안히 하여 천도를 기른다.

24. 徐無鬼 : 知一通萬 지일통만
하나의 도를 알면 만사에 통하게 된다.

25. 則　陽 : 行道止議 행도지의
도를 행하되 논의하지 않는다.

26. 外　物 : 執有用無 집유용무
사물을 잡아 도를 활용한다.

27. 寓　言 : 同根異葉 동근이엽
근본은 같으나 변통은 상황에 따라 다르다.

28. 讓　王 : 忘物自得 망물자득
사물을 잊으면 스스로 즐거움을 얻는다.

29. 盜　跖 : 無正無邪 무정무사
바르고 바르지 않은 것이 없다.

30. 說　劍 : 無爲無敵 무위무적
무위하면 적이 없다.

31. 漁　父 : 超言越行 초언월행
    진실은 표현을 넘어 있다.
32. 列禦寇 : 靖心寧體 정심녕체
    심신을 편안히 해야 한다.
33. 天　下 : 玄聖素王 현성소왕
    현묘한 덕을 가진 성인으로서 소박한 무위정치를 하는 임금이 최고.

1. **逍遙遊** 소요유

逍天遊地 소천유지

온 천지를 자유롭게 노닌다.

玄鵬妙翼揮雲片 현붕묘익휘운편

一怒昇天飛九萬 일노승천비구만

御氣逍遙適自由 어기소요적자유

雖然下界何能困 수연하계하능곤

대붕의 양 날개 구름을 박차고

큰소리치며 승천하여 구만리를 날아가네

천기를 타고 자유세계에서 노니다

속세로 내려와도 어찌 막힘이 있겠는가?

2. 齊物論 제물론

解齊放物 해제방물

가지런하게 한 인간의 법을 풀어주어 만물을 놓아둔다.

萬學諸家本互同 만학제가본호동

相非反對得環中 상비반대득환중

周行物化無分別 주행물화무분별

上下和人竝大通 상하화인병대통

제자백가 학문의 도는 본래 같은 것

시비논쟁 역지사지하여 균형을 이룰 수 있다

만물이 두루 일체가 되니

천지와 인간이 서로 크게 통하는구나

3. 養生主 양생주

養天樂生 양천낙생

천성을 기르며 삶을 즐긴다.

背理違眞累俗惡 배리위진루속악

無親無愛無哀樂 무친무애무애락

隨時順道得全生 수시순도득전생

想念相思何束縛 상념상사하속박

천도에 위배되면 속세 일에 연루되나

특별히 친애함이 없으면 슬픔도 즐거움도 없다

때에 알맞게 천리에 따라 온전한 생명을 얻으니

상념이 어찌 속박할 수 있으랴

4. **人間世** 인간세

天鈞人和 천균인화

하늘이 조화를 이루니 인간이 화합한다.

有力有能無不苟 유력유능무불구

無才無智有天守 무재무지유천수

外和內直有天鈞 외화내직유천균

戒氣齋心無世垢 계기재심무세구

유능한 사람은 구차하지 않는 것이 없고

능력이 없는 자는 천도를 지킴이 있다

밖으로는 화기애애하나 안으로는 도를 지켜 자연스러움이

있고

심신을 깨끗하게 하니 속세의 번거로움이 없구나

5. 德充符 덕충부

充德附天 덕충부천

덕을 닦아 천도에 부합되게 한다.

忘形養德得常因 망형양덕득상인
好惡塵情無害身 호오진정무해신
不過非遷同物化 불과비천동물화
離騷渡暇樂天眞 이소도가낙천진

육체의 욕망을 잊고 덕을 길러 자연의 도를 얻으니
좋아하고 싫어하는 감정이 심신을 해칠 수 없다
마음을 비워 움직이지 아니하며 천지와 일체가 되니
소란스런 속세를 떠나 한가하게 천진함을 즐긴다

6. 大宗師 대종사

中俗和世 중속화세

속세에 알맞게 조화를 이룬다.

死歿生存溺濁流 사몰생존익탁류

知天中地終無憂 지천중지종무우

心通體一和宗主 심통체일화종주

解梏無方樂自遊 해곡무방락자유

생사존망의 걱정은 질곡에 빠뜨리나

천지에 맞게 하면 종신토록 걱정이 없다

크게 통하여 도와 하나가 되어

아무런 거리낌 없이 스스로를 즐긴다

7. 應帝王 응제왕

有道無方 유도무방
도가 있으니 자유자재롭다.

虛心混沌平諸國 허심혼돈평제국
順物無窮逍六極 순물무궁소육극
處世行身不入塵 처세행신불입진
何時何地能安息 하시하지능안식

편안한 마음으로 아무런 구분 없이 천하를 다스리고
만물에 무궁하게 순응하여 상하사방에서 노닌다
세상에 살고 있어도 속되지 아니하니
언제 어디서라도 편안히 살 수 있다

8. **騈拇** 변무

鶴長鳧短 학장부단

생긴 대로 살면 된다.

浮鳧走鶴何均股 부부주학하균고

本性常然何待矩 본성상연하대구

殉物從仁則喪眞 순물종인즉상진

無充自足何爲補 무충자족하위보

학과 오리의 다른 점을 어찌 같게 할 수 있는가

본성이 늘 그러함은 어찌 제도가 필요하랴

사물과 도덕에 따르면 본성을 잃으니

채우지 않았어도 자족하는 도를 어찌 보완할 필요가 있으랴

9. 馬蹄 마제

隨物伴理 수물반리

사물에 따라 삶의 이치가 달라진다

氷蹄踐雪行天則 빙제천설행천칙

赤裸穿衣輔朴德 적라천의보박덕

本性無爲合自然 본성무위합자연

天文已美何爲飾 천문이미하위식

말이 눈을 밟는 것은 자연의 법칙을 따르는 것이고

사람이 옷을 입는 것은 소박한 덕을 보완하는 것이다

본성이 무위한 것은 모두 자연스런 것인데

자연의 아름다움을 어찌 다시 수식하랴

10. 胠篋 거협

法滅道生 법멸도생

인간의 제도가 없어지니 자연의 도가 생겨난다

探囊胠篋竊財痲 탐낭거협절재마

賊義稱仁奪國家 적의칭인탈국가

絶聖無知無作法 절성무지무작법

天民素朴只無邪 천민소박지무사

남의 주머니를 뒤져 물건을 훔치듯

인의를 빌어 국가를 빼앗는다

성인을 멀리하여 무지하니 법도를 만들지 않고

자연스런 백성은 소박하여 사악함이 없구나

11. 在宥 재유

安性樂情 안성낙정

자연스런 성정을 편안히 여기고 즐긴다

任天在宥患淫奸 임천재유환음간

道德無離孰不安 도덕무리숙불안

準性中情能樂事 준성중정능낙사

無方不法遍無端 무방불법편무단

하늘에 맡겨 자연스럽게 놔둠은 음란해지는 것이

걱정돼서인데

도덕이 이탈되지 않으니 누가 불안한가?

성정에 알맞게 하니 삶을 즐길 수 있고

아무런 거리낌 없으니 무하유지향에서 노닌다

12. **天地** 천지

有差無別 유차무별

차이는 있으나 차별하지 않는다

天弘地廣化均隆 천홍지광화균융

物衆人多治一通 물중인다치일통

大道冥冥從自爾 대도명명종자이

忘天去己順玄同 망천거기순현동

천지가 넓어 고루 생육하고

만물만사 많아도 하나로 다스린다

대도가 혼명한 것은 스스로 그런 것을 따르고

천지만물과 자신을 잊고 도에 따른다

13. 天道 천도

天道地德 천도지덕

하늘의 도와 땅의 덕을 본받는다

大道常虛生萬物 대도상허생만물

玄人至靜畜天下 현인지정축천하

風師雨教本無爲 풍사우교본무위

性品天然何取捨 성품천연하취사

천도는 늘 비어 있어 만물을 화생하고

성인은 지극히 고요하여 천하를 다스린다

자연의 가르침은 본래 무위한 것이니

인성의 본래 그러함에 무엇을 빼고 더하랴

14. 天運 천운

天和人諧 천화인혜

자연과 인간이 조화를 이룬다.

萬物通遷孰主牽 만물통천숙주견

先王九洛繼天權 선왕구락계천권

調絃變樂從人性 조현변악종인성

順理行時法自然 순리행시법자연

만물이 모두 변하는 것은 누가 주재해서인가

우임금의 홍범구주는 하늘을 계승한 것

악기를 조율하는 것은 인성을 따르지만

순리적으로 때에 맞게 하는 것은 자연을 따라야 한다

15. **刻意** 각의

虛心解苦 허심해고
마음을 비워 번뇌를 푼다.

越俗高論澗谷明 월속고론간곡명
分名合禮朝廷爭 분명합례조정쟁
無離有禮何能濟 무리유례하능제
素朴無然萬國平 소박무연만국평

세속을 떠난 고상한 논의를 하는 것은 산곡지사의 지혜이고
명분을 따져 예에 합치시키는 것은 조정 벼슬아치의 싸움이다
속세를 떠나지도 않고 예가 있다고 어찌 세상이 구제되겠는가?
담백하여 그런저런 것 없이도 세상이 평화롭다

16. 繕性 선성

繕素失道 선소실도

소박함을 고치면 도를 잃는다.

俗學歸初繕素癡 속학귀초선소치

玄人復朴養無知 현인복박양무지

天通地變相離遠 천통지변상리원

失性亡民處險危 실성망민처험위

속세의 학문은 처음으로 돌아가 무지와 어리석음을 깨우치고

현인은 자연으로 돌아가 무지함을 기른다

세속과 천도가 서로 멀어지니

본성을 잃은 백성 위험에 처하게 된다

17. 秋水 추수

無形無際 무형무제

도는 형체도 없고 끝도 없다.

井黽池蛙天下浩 정민지와천하호

凡夫曲士常時道 범부곡사상시도

無形實體不能分 무형실체불능분

脫際虛通無可抱 탈제허통무가포

우물안의 개구리는 우물을 천하처럼 넓다고 하고

범부와 일곡지사 주장을 만세불변의 도라고 한다

형체가 없는 도는 나눌 수 없고

끝없는 도는 끌어안을 수 없다

18. 至樂 지락

至樂無樂 지락무락

지극히 즐거운 것은 인위적인 즐거움이 없는 것이다.

和聲美色獲情鳴 화성미색획정명

贊德稱功廣世名 찬덕칭공광세명

致死求生將奈得 치사구생장내득

無爲處事守眞精 무위처사수진정

아름다운 소리와 색깔은 몸의 즐거움을 얻고

공덕을 찬양함은 세상의 이름을 얻는다

죽음에 이르러서야 살고자하니 이를 어찌하랴

자연의 도를 지켜 참된 정신을 지켜야 한다

19. 達生 달생

全生通命 전생통명

생명의 이치를 온전히 한다.

飽食溫衣養肉身 포식온의양육신

通生達命穩精神 통생달명온정신

抛扶棄養行天道 포부기양행천도

外靜中虛處朴眞 외정중허처박진

따뜻한 옷과 음식 몸을 보호하지만

생명의 이치에 통달하면 마음이 온전해진다

억지 삶을 버리면 자연스런 삶을 살고

심신이 허정하면 소박한 자연 속에서 살아간다

20. 山木 산목

從道使物 종도사물
도에 따라 사물을 부린다.

謀材貪用物於物 모재탐용물어물
合道浮遊能物物 합도부유능물물
喪我緣中孰害天 상아연중숙해천
虛心處世誰爲屈 허심처세수위굴

재물을 탐내면 사물에 부림당하고
도에 따라 살면 만물을 부린다
나를 버리고 환중을 따르니 누가 천도를 해치며
마음을 비워 처세하니 누가 사물에 굴복하랴

21. 田子方 전자방

出東入西 출동입서

태양은 동쪽에서 떠서 서쪽으로 진다.

性死心亡莫比哀 성사심망막비애

從時配俗若醯鷄 종시배속약혜계

高山峽谷無然寘 고산협곡무연치

天全地備孰能稽 천전지비숙능계

정신의 죽음은 어떤 슬픔과 비교할 것이 없는데

시대 풍속 따르기를 초파리처럼 하기 때문이다

높은 산 깊은 계곡은 그런 것 없이 스스로 채워가니

천지의 완벽함을 누가 헤아릴 수 있으랴

22. 知北遊 지북유

玄水隱丘 현수은구

도의 세계는 현묘하여 형용하기 어렵다.

四時中節無論議 사시중절무논의

萬物成條無說緻 만물성조무설치

天地和諧本大鈞 천지화해본대균

聖人達物原天地 성인달물원천지

사계절의 분명한 법칙을 논의함이 없고

만물의 질서는 따짐이 없다

천지의 화해는 음양의 조화에 근본하고

성인이 만물에 통달함은 천지에 근원을 둔다

23. **庚桑楚** 경상초

安心養天 안심양천

마음을 편안히 하여 천도를 기른다.

心安體定發天明 심안체정발천명

亂動靈臺失本營 난동영대실본영

外絆內拘難守德 외반내구난수덕

離天脫道不能成 이천탈도불능성

심신이 안정되면 자연의 빛이 나오고

흔들리면 근본을 잃는다

안팎에서 구속해도 덕을 지키기 어려운데

천도를 떠나서는 성공할 수 없는 것

24. **徐無鬼** 서무귀

知一通萬 지일통만

하나의 도를 알면 만사에 통하게 된다.

行途踏地雖錐付 행도답지수추부

信廣安平能闊步 신광안평능활보

不學無知過日常 불학무지과일상

千方得一才通故 천방득일재통고

길을 갈 때 밟는 것은 발바닥 밑뿐이지만

천하처럼 넓어야 활보할 수 있다

배우지 아니하여 무지해도 매일 살 수 있지만

모든 방법은 하나의 도를 얻어야 이치에 맞는다

25. 則陽 칙양

行道止議 행도지의

도를 행하되 논의하지 않는다.

天人復命乘天駕 천인복명승천가

物化周流如不化 물화주류여불화

妄欲癡情失淨神 망욕치정실정신

離心反性何迷借 이심반성하미차

성인은 천명에 복귀하여 천도를 따르고

만물과 일체가 되어 두루 통해도 동화되지 않는 것 같다

사욕과 치정이 정신을 잃게 하니

본성을 잃고서 어찌 남의 정신을 빌리랴

26. 外物 외물

執有用無 집유용무

사물을 잡아 도를 활용한다.

靜默寧安可解憂 정묵영안가해우
求名失德何天遊 구명실덕하천유
從人橫世無偏僻 종인횡세무편벽
得道忘言曷問疇 득도망언갈문주

심신을 편하게 하면 근심 걱정을 풀 수 있지만
이름을 추구하여 덕을 잃으면 어떻게 자연 속에서 살 수 있으랴
인간 세상 속에서 멋대로 살아도 편벽되지 아니하며
도를 깨닫고 말을 잊은 사람에게 어찌 또 그 무엇을 물을 수 있으랴

27. 寓言 우언

同根異葉 동근이엽

근본은 같으나 변통은 상황에 따라 다르다.

憑人說己寓同齊 빙인설기우동제

籍古言今重老稽 적고언금중로계

未可非然何不一 미가비연하불일

初終環續得天倪 초종환속득천예

다른 사람의 말을 빌려 나의 뜻을 말하는 것은 동일함에 의존하는 것이고

옛것에 의지하여 지금 것을 말하는 것은 오래된 검증을 중히 여김이라

안된다하고 그렇지 않다하나 어찌 같지 않으랴

시작과 끝이 서로 연결되었으니 자연의 균형을 얻는다

28. 讓王 양왕

忘物自得 망물자득

사물을 잊으면 스스로 즐거움을 얻는다.

葦戶蓬廬設竹筵 위호봉려설죽연

土房雨漏坐彈弦 토방우루좌탄현

忘形捨物怡天放 망형사물이천방

自樂超然志不遷 자락초연지불천

갈대문의 초가집에 대자리 깔아 놓고

토방에 비새는 데 거문고를 타는구나

자신과 천지를 잊고 천유를 떠났으니

스스로 즐거움은 초연하여 마음이 움직이지 않는구나

29. 盜跖 도척

無正無邪 무정무사

바르고 바르지 않은 것이 없다.

偸財盜食關牢繕 투재도식관뢰선

奪國叢民登大殿 탈국총민등대전

孰正孰邪孰貴人 숙정숙사숙귀인

歸天復極安逍燕 귀천복극안소연

재물을 훔친 작은 도둑은 감옥에 갇히나

나라를 빼앗은 큰 도둑은 대전에 앉아 있다

누가 바르고 누가 사악하며 누가 귀한 사람인가

단지 천도에 따라 소요유를 즐길 뿐이다

30. 說劍 설검

無爲無敵 무위무적

무위하면 적이 없다.

深海高城天子塹 심해고성천자참

賢良勇士諸侯劍 현량용사제후검

蓬頭瞋目庶人槍 봉두진목서인창

治世無爲無敵瞻 치세무위무적첨

깊은 바다와 높은 성은 천자의 무기이고

어진선비와 용감한 병사는 제후의 무기이며

더벅머리 흔들며 눈을 부릅뜨는 것은 서민의 무기이니

세상 다스림에 무위하면 넘겨다보는 적이 없으리

31. 漁父 어부

超言越行 초언월행

진실은 표현을 넘어 있다.

怕影逃亡死不退 파영도망사불퇴

親朋結友還良配 친붕결우환양배

從天順道守眞心 종천순도수진심

未作無行先感慨 미작무행선감개

그림자가 두려워 도망을 가나 죽어도 물리치지 못하니

차라리 친구를 맺으면 평생 좋은 짝이 되리

천도에 순종하면 참된 성품을 지켜

표정을 보이기도 전에 먼저 마음 깊이 감탄한다

32. 列禦寇 열어구

靖心寧體 정심녕체

심신을 편안히 해야 한다.

地棺天槨何需匿 지관천곽하수닉

日璧星珠何必飾 일벽성주하필식

神困形勞復大寧 신곤형로복대녕

無生不滅歸眞息 무생불멸귀진식

천지를 관곽으로 삼으니 어찌 묻을 필요가 있으며

일월성을 장식품으로 여기니 어찌 장식물이 필요하랴

심신이 피로하여 도의 편안함으로 돌아가

태어남도 죽음도 없는 영원한 휴식을 얻으리

33. 天下 천하

玄聖素王 현성소왕

현묘한 덕을 가진 성인으로서 소박한 무위정치를 하는 임금이 최고이다.

玄聖大全得太眞 현성대전득태진

素王大治棄天民 소왕대치기천민

諸家不反跑私路 제가불반포사로

道德分肢裂萬鱗 도덕분지열만린

현성의 온전함은 도를 얻고

소왕의 무위정치는 백성을 놔둔다

제자백가는 근본으로 돌아오지 않고 자기의 길을 가니

도덕이 천갈래만갈래로 갈라지는구나

7. 열　자

열자列子(B.C.400년 전후)의 성은 열列이고, 이름은 어구(禦寇, 圄寇, 圉寇)이다. 정鄭 나라에서 은거하였다고 한다. 역사적으로 열자의 출신과 행적에 대한 것은 불분명한데 그에 대한 기록은 오히려 『열자』 「천서편」에 전해진다. 『장자』 「천하편」과 『순자』 「비십이자편」에서 여러 사람을 거론했지만 열자에 대해서는 말하지 않았다. 일반적으로 노자의 제자이고 장자의 선배로서 공자와 맹자 중간에 살았다고 한다.

『열자』는 『노자』·『장자』와 함께 도가삼서로 불러왔다. 『열자』에 관해서는 사마천의 『사기』에도 기록이 없는데, 반고班固는 『한서』 「예문지」에서 『열자』를 8편이라고 기록했다. 그런데 『열자』 속에는 『노자』·『장자』·『논어』·『맹자』·『여씨춘추』·『한비자』·『회남자』·『산해경』 등과 관련된 내용이 들어 있기 때문에 후대 학자들의 의심을 받고 있다. 그러나 분명한 것은 지금도 『열자』라는 책이 있고, 그 내용상 『노자』·『장자』와 다른 점이 있다는 것이다. 위작일 수도 있지만 「양주편」은 도가인 양주에 대한 소중한 자료이다.

열자의 사상은 노장철학과 대체로 일치한다. 그의 주요 사상은 태역太易·태초太初·태소太素 등의 개념을 가지고 우주만물의 변화를 설명하는 우주론적인 것과 허정유약을 주장하여 인생을 즐겨야 한다는 인생론적인 것이다. 그래서 열자의 무위사상은 노자처럼 현실 정치에 응용하거나, 장자처럼 사회비판적인 면도 거의 없다. 열자는 단지 개인의 삶을 중심으로 소박한 무위사상을 전개한 것이다.

주요 개념어 : 太易, 太素, 生生者, 無爲, 氣形質具而未相離(「天瑞」)

편명과 주제

1. 天　瑞 : 自生不化 자생불화
   만물을 화생하는 도는 변화하지 않는다.
2. 黃　帝 : 放機守眞 방기수진
   기미한 술책을 버려 천진스런 도를 지킨다.
3. 周穆王 : 虛靜自通 허정자통
   심신이 허정하면 천지의 도에 스스로 통한다.
4. 仲　尼 : 不極不返 불극불반
   사물은 극에 달하지 않으면 되돌아가지 않는다.
5. 湯　問 : 天人共鳴 천인공명
   훌륭한 음악은 만물이 공감한다.
6. 力　命 : 奉命遵時 봉명준시
   천명에 따라 살아간다.
7. 楊　朱 : 存毫保世 존호보세
   털끝 하나라도 다치지 않게 천하를 보전한다.
8. 說　符 : 俗談符天 속담부천
   속담도 하늘의 이치에 통한다.

1. 天瑞 천서

自生不化 자생불화

만물을 화생하는 도는 변화하지 않는다.

造化成形無不殖 조화성형무불식

常生物者根無息 상생물자근무식

依存寄立孰無歸 의존기립숙무귀

本德共通何不得 본덕공통하부득

천지가 만물을 화생하니 번식 않는 것이 없으나

만물을 생성하는 도는 소멸하지 않는다

만물은 소멸하여 근원으로 돌아가지 않는 것이 없는데

하늘의 덕은 만물 공통이므로 누가 얻지 않았으랴

2. 黃帝 황제

放機守眞 방기수진

기미한 술책을 버려 천진스런 도를 지킨다.

和聲美味致迷稀 화성미미치미희

正物修身放萬機 정물수신방만기

閑居靜處齋心亂 한거정처재심란

安情逸性守眞幾 안정일성수진기

아름다운 소리 맛있는 음식은 미혹에 이르니

사물을 다스리고 수신하기 위해 교묘한 계략을 버린다

조용히 거처하며 마음을 가다듬고

성정을 편안히 하여 도를 얻는다

3. 周穆王 주목왕

虛靜自通 허정자통

심신이 허정하면 천지의 도에 스스로 통한다.

惑罔昏迷皆倒下 혹망혼미개도하

心知觸物無疑訝 심지촉물무의아

神平體靜寐無騷 신평체정매무소

實覺眞夢從物化 실각진몽종물화

미혹에 빠지면 모두가 거꾸로 보이는데

심신의 감각이 사물에 통하면 의아함이 없어진다

심신이 안정되면 밤에 꿈은 스스로 없어지고

진실로 깨어있고 진실로 꿈꾼다면 물화의 경지에 이른다

4. 仲尼 중니

不極不返 불극불반

사물은 극에 달하지 않으면 되돌아가지 않는다.

吟詩學禮不知全 음시학례부지전
體逸心閑未樂天 체일심한미낙천
不極非窮則不返 불극비궁즉불반
超知越樂可歸玄 초지월락가귀현

시서예악을 배운다고 다 아는 것이 아니며
신심이 편안하다고 천명을 즐기는 것이 아니다
궁극에 도달하지 않으면 되돌아가지 않는 법이니
무지하고 즐거움도 없는 경지에 가서야 비로소 현묘한
도로 돌아간다

5. 湯問 탕문

天人共鳴 천인공명

훌륭한 음악은 만물이 공감한다.

不得於心曷在箏 부득어심갈재쟁

無應不響曷求聲 무응불향갈구성

彈弦拄指調音樂 탄현주지조음악

鼓氣和神竫性情 고기화신정성정

마음에서 얻지 못한 것이 어찌 악기 줄에 있으며

악기가 울리지 않는데 어찌 소리를 구할 수 있나

거문고 뜯는 손가락놀림이 음악을 조화시키며

정기와 정신을 감동시켜 성정을 편안히 한다

6. 力命 역명

奉命遵時 봉명준시
천명에 따라 살아간다.

生生死死受天機 생생사사수천기
厚薄不知不得移 후박부지부득이
信命符時超壽夭 신명부시초수요
從天順性越安危 종천순성월안위

살고 죽는 것은 하늘의 명을 받은 것
길고 짧은 것은 알지 못하고 늘릴 수도 없다
운명을 믿고 때에 맞게 하면 일찍 죽는 것이 없고
하늘과 본성을 따르면 안전하고 위험한 것이 없다

7. 楊朱 양주

存毫保世 존호보세

털끝 하나라도 다치지 않게 천하를 보전한다.

供毫濟世何施賜 공호제세하시사

擧國輔躬何取利 거국보궁하취리

大禹投身救萬民 대우투신구만민

無爲不害自然治 무위불해자연치

터럭하나 뽑아 천하를 구한다 해도 어찌 희생하며

나라를 바쳐 한 몸을 떠받든다고 어찌 취하겠는가

우임금은 헌신적으로 백성을 구하려 했지만

오히려 위하지도 않고 해치지도 않으면 스스로

다스려진다

8. 說符 설부

俗談符天 속담부천

속담도 하늘의 이치에 통한다.

俚諺民談遺古史 이언민담유고사

宜行適事符天理 의행적사부천리

平言極義越人文 평언극의월인문

朴見玄知通素旨 박견현지통소지

속담에 옛 역사의 지혜가 담겨 있으니

하나하나가 자연의 이치에 부합된다

지극한 말의 뜻은 인간의 언어를 넘어 있고

소박한 지혜는 자연의 도에 통한다

8. 손 자

손자孫子(B.C.6세기)의 성은 손孫이고, 이름은 무武이다. 그는 제나라 사람으로서 오나라 합려왕闔廬王(B.C.514~496)에게 병법 시범을 보이고 오나라 장수가 되었다. 그는 초楚·제齊·진晉나라 등에 군사적 위세를 크게 떨쳐 합려왕을 패자覇者로 만들었다.

『손자』는 손무孫武가 오나라 합려왕에게 지어 바친 병서兵書이다. 『손자』는 본래 13편이었으며, 손무가 죽은 지 100년 후에 그의 후손 손빈孫臏이 그를 보완했을 것이라고 추정한다. 그러나 손빈이 방연의 모함으로 죄를 뒤집어쓰고 두 다리의 힘줄이 잘리는 형벌을 받은 것을 두고, 사마천은 "훌륭한 지혜에 밝은 손빈도 화를 미리 예방하지 못했으니, 말할 수는 있어도 실천하기는 어려운 것"이라고 말했다. 『사기』에는 『손자』 13편이라 기록되어 있는데 그 편목은 알 수 없다.

손무의 병법은 노자의 병법과 비슷한 점이 있다. 즉 노자는 "부득이하여 전쟁을 할 때는 염담하게 사용하는 것을 최상으로 삼는다"(『노자도덕경』 31장)고 말했다. 손무 역시 "백번 싸워 백번 승리하는 것이 최상이 아니고, 싸우지 않고 굴복시키는 것이 최상이다"(『손자』 「모공편」)라고 말했다. 그렇게 손무는 병가이지만 오히려 전쟁을 통해 문제를 해결하는 것보다는 싸우지 않고 상대를 설득하거나 굴복시키는 평화주의자였다. 따라서 그가 제시한 병법은 처음부터 사용하는 것이 아니라 어쩔 수 없는 경우에 사용하는 방법으로 보아야 할 것이다.

손무의 사상을 볼 때 그의 위치를 도가에 분류할 것이 아니라 다른 제자백가처럼 하나의 독립적인 학파로 대접하여 병가로 분류해야 할 것이다. 그의 저서 『손자』는 하나의 군사 철학으로서 전도戰道를 논한 고전이기 때문이다. 그의 현실적인 가치는 이용자에 따라 다르겠지만, 인간세상에서 없어서는 안 될 귀중한 고전임에는 틀림이 없다.

주요 개념어 :
戰道, 知彼知己百戰不殆, 知地知天勝乃可全, 攻謀, 善戰, 詭道, 迂直之計, 用間

1. 計 : 察情制敵 찰정제적
아군과 적군의 상황을 살펴 적을 제압한다.

2. 作　戰 : 迅戰速決 신전속결
전쟁은 속전속결로 해야 한다.

3. 謀　攻 : 攻謀全勝 공모전승
전쟁 의도를 공략하면 싸우지 않고 이긴다.

4. 形 : 衛己勝敵 위기승적
자기를 보호하여 적을 이긴다.

5. 勢 : 任勢應戰 임세응전
군세를 활용하여 전투에 임한다.

6. 虛　實 : 起缺攻虛 기결공허
적을 교란시켜 허점을 공격한다.

7. 軍　爭 : 轉患爲利 전환위리
환난을 이로움으로 전환한다.

8. 九　變 : 備則應變 비칙응변
원칙을 정해두고 상황에 따라 변칙한다.

9. 行　軍 : 斥兆候徵 척조후징
적의 동태를 정탐해야 한다.

10. 地　形 : 通天全勝 통천전승
하늘의 때와 땅의 이로움을 이용하면 언제나 승리한다.

11. 九　地 : 隨地應變 수지응변
    전쟁터의 조건에 따라 작전을 수시로 변화한다.

12. 火　攻 : 合利致戰 합리치전
    국가에 이익이 될 때 전쟁을 한다.

13. 用　間 : 暗間明情 암간명정
    몸을 숨긴 간첩이 정보를 밝힌다.

1. 計 계

察情制敵 찰정제적

아군과 적군의 상황을 살펴 적을 제압한다.

萬國安危計武兵 만국안위계무병

兵爭勝敗察軍情 병쟁승패찰군정

昏情詭道欺虛實 혼정궤도기허실

實賞稱功得衆氓 실상칭공득중맹

국가의 안위는 군대 전력 계산에 달려 있고

전쟁의 승패는 아군과 적군의 실정 파악에 달려 있다

속임수로 교만한 적을 속이고

실제로 주는 상훈으로 유민을 얻는다

2. **作戰** 작전

迅戰速決 신전속결

전쟁은 속전속결로 해야 한다.

伐暴攻城不可長 벌폭공성불가장

殫財盡力諸侯猖 탄재진력제후창

飄槍速決人民願 표창속결인민원

智將忠兵省食糧 지장충병성식량

전쟁은 오래하면 안 되는데

재력이 다하면 제후들이 날뛰기 때문이다

속전속결로 전쟁을 하면 백성들이 원하니

지혜로운 장수와 충성스런 병사들은 식량을 절약한다

3. 謀攻 모공

攻謀全勝 공모전승

전쟁 의도를 공략하면 싸우지 않고 이긴다.

不戰降軍上用兵 부전항군상용병

攻謀伐意不懸旌 공모벌의불현정

窮人達己何危殆 궁인달기하위태

上下同心勝遠征 상하동심승원정

싸우지 않고 이기는 것이 최고의 용병인데

전쟁의 의도를 공략하여 싸우지 않게 한다

적군을 어렵게 만들고 아군 뜻대로 할 수 있으면 어찌 위태로우며

상하가 같은 마음이면 전쟁에 승리한다

4. 形 형

衛己勝敵 위기승적

자기를 보호하여 적을 이긴다.

鍊武磨矛待敵兵 연무마모대적병

藏身守備保干城 장신수비보간성

神攻妙勝無知跡 신공묘승무지적

智將强軍有大成 지장강군유대성

병사를 훈련하고 병기를 준비하여 적을 기다리며

군비를 숨기고 병사를 보호한다

신묘한 공격과 승리는 그 자취를 모르니

지혜로운 장수와 강한 군대는 크게 성공한다

5. 勢 세

任勢應戰 임세응전

군세를 활용하여 전투에 임한다.

禦削防侵籍正常 어삭방침적정상

功營擊陣借奇猖 공영격진차기창

奔流亂石從山險 분류난석종산험

勝戰安民任勢强 승전안민임세강

적의 침략을 방어하는 것은 정상적으로 하고

적의 진영을 공격하는 것은 기습적으로 해야 한다

격류가 돌을 움직이는 것은 험준한 산 때문이듯

전쟁에 승리하여 백성을 안전하게 하는 것은 강한 군세에

달려 있다

6. **虛實** 허실

亂中攻虛 난중공허

적진을 교란시켜 허점을 공격한다.

五行相剋無常勝 오행상극무상승

大國强軍未必定 대국강군미필정

散力分魂露缺虛 산력분혼노결허

精兵少數當千乘 정병소수당천승

오행의 상극은 언제나 이기는 것이 아니듯

대국의 강한 군대도 반드시 정해진 것은 아니다

힘을 분산시키면 허점이 노출되니

소수의 정예군으로도 대군을 물리칠 수 있다

7. 軍爭 군쟁

轉患爲利 전환위리

환난을 이로움으로 전환한다.

侵攻勝戰分餘剩 침공승전분여잉

轉患爲機成大勝 전환위기성대승

棄徑迂回誘敵軍 기경우회유적군

徐林疾火欺如稱 서림질화기여칭

침공하여 승전하면 노획물을 골고루 나누어 주고

환난을 기회로 전환하면 대승을 이룬다

빠른 길을 비워두고 우회하여 적군을 유인하고

갈 때는 서있는 나무같이 천천히 진격할 때는 불같이

빠르게 하며 속임수는 진실같이

8. **九變** 구변

備法應變 비법응변

원칙을 정해두고 상황에 따라 변칙한다.

歸師退卒勿干防 귀사퇴졸물간방

背水高陵避正方 배수고릉피정방

塞地城軍有不打 새지성군유불타

思安慮險備欺佯 사안려험비기양

퇴각하는 군대는 막지 말고

물을 등지거나 고지에 진치고 있으면 정면 공격을 피하라

요새나 군대는 공격하지 않는 곳이 있으니

유불리를 계산하여 속임수에 대비하라

9. 行軍 행군

斥兆候徵 척조후징

적의 동태를 정탐해야 한다.

山川動靜有歸憑 산천동정유귀빙

對敵行軍察物徵 대적행군찰물징

起鳥驚獸知埋伏 기조경수지매복

卑辭益鍊備攻膺 비사익련비공응

산천초목의 동정에는 원인이 있으니

대적하여 작전할 때는 사물의 징후를 살펴야 한다

새와 짐승이 놀라는 것은 적군의 매복을 알려주는 것이고

말은 겸손하게 하면서 훈련을 강화하는 것은 공격을 준비하는 것이다

10. **地形** 지형

通天全勝 통천전승

하늘의 때와 땅의 이로움을 이용하면 언제나 승리한다.

山弓水勢助行兵 산궁수세조행병
隘險高陽可易爭 애험고양가이쟁
計敵料情遵戰道 계적요정준전도
知天慮地勝全征 지천려지승전정

산천의 이로움은 작전에 도움이 되니
적에겐 험하고 아군에겐 안전한 곳에서는 쉽게 싸울 수 있다
적군의 상황을 헤아리고 전승의 원리를 따르며
하늘의 때와 땅의 이로움을 이용할 줄 알면 늘 승리한다

11. 九地 구지

隨地應變 수지응변

전쟁터의 조건에 따라 작전을 수시로 변화한다.

用兵隨地不同應 용병수지부동응

爭地先征有利增 쟁지선정유리증

死地必亡能保命 사지필망능보명

迅侵速退過圍陵 신침속퇴과위릉

작전은 전쟁터의 조건에 따라 다르게 대처해야 하는데

유리한 곳은 먼저 쳐들어가면 이로움이 커지고

불리한 곳은 목숨을 걸고 싸우면 살 수 있으며

포위된 곳은 신속하게 치고 빠져야 한다

12. 火攻 화공

合利應戰 합리응전

국가에 이익이 될 때 전쟁을 한다.

密火濃烟息敵兵 밀화농연식적병

燒糧燬庫散殘氓 소량훼고산잔맹

君悁將慍何爲戰 군연장온하위전

合利從征所以爭 합리종정소이쟁

많은 불을 놓으면 적군이 질식하고

식량과 창고를 태우면 유민이 흩어진다

군주와 장수가 어찌 화풀이로 전쟁을 할 수 있는가

국가에 이익이 될 때 하는 것이 전쟁의 목적이다

13. 用間 용간

暗間明情 암간명정

몸을 숨긴 간첩이 정보를 밝힌다.

七萬民家助萬兵 칠만민가조만병

明君智將察軍情 명군지장찰군정

人民動靜傳詳報 인민동정전상보

反間回通告敵營 반간회통고적영

칠만 가구가 만 명의 병사를 먹여 살리니

현명한 군주나 지혜로운 장수는 군대 사정을 살핀다

백성의 동정은 자세한 정보를 전하는 것이니

이중간첩을 이용하여 적진영의 사정을 보고하게 한다

9. 묵 자

묵자墨子(약B.C.489~406)의 성은 묵墨이고, 이름은 적翟이며, 노나라 사람이다. 묵자에 대한 기록은 전해지는 것이 분명하지 않다. 사마천도 역시 「맹자순경열전」 끝에서 "묵적은 송宋나라 대부로서 성을 방위하는 기술이 뛰어났고, 절용을 주장하였다. 혹은 공자와 같은 시대라고도 하고 혹은 공자의 후세 사람이라고도 한다"고 기록하였을 뿐이다.

『한서』「예문지」에서 『묵자』는 본래 71편이라 했는데, 18편은 없어지고, 지금은 53편만 남아 있다. 현존하는 『묵자』에는 「상현」 상·중·하처럼 같은 주제로 반복되는 말이 많이 있다. 『묵자』는 묵자와 그의 제자들의 말을 모아 놓은 것으로서 당시의 과학적 지식과 사고를 볼 수 있는 소중한 고전이다.

묵가는 사상의 형태상 유가와 비슷한 점이 많다. 그러나 묵자는 공자·맹자와 달리 하층민의 생존을 중심 과제로 삼았기 때문에 겸애·절약·비공 등의 생존 방법을 주장하고, 천지·명귀 등의 종교적 방법을 활용한 것은 다른 학파와 구별되는 것이다.

묵가는 하층민의 생존을 중심으로 한 철학이기 때문에, 순자는 묵가의 도를 '노예(役夫)의 도'라고 규정했다.(『순자』「왕패편」) 묵자는 당시 혼란의 원인이 서로 사랑하지 않는 데 있다고 진단했다. 서로 사랑하고 이익을 나눈다는 의미의 겸상애兼相愛·교상리交相利로 요약되는 묵자의 주장이 하층민의 생존과 직결되었기 때문에 생존이 위태로운 사람들이 많이 추종했다. 맹자는 당시 상황에 대해 양주 묵적의 무리가 천하에 가득하다고 말했다.(『맹자』「등문공편」)

필자는『묵자』본문에서「상현」상·중·하처럼 같은 주제로 반복되는 것은 한 수의 시로 정리하였고, 시문으로 정리하기 어려운 13편을 제외하여 모두 25편의 시문으로 정리하였다.

주요 개념어 : 兼相愛, 交相利, 兼愛, 尙賢, 尙同, 節用, 非攻, 非命, 天志, 明鬼

편명과 주제

1. 親士 : 賢士國寶 현사국보
   현명한 선비가 국가의 보배이다.
2. 修身 : 治本理末 치본이말
   근본을 다스려 말단을 단속한다
3. 所染 : 染心薰性 염심훈성
   심성을 감화시켜야 한다.
4. 法儀 : 從天依法 종천의법
   하늘의 뜻과 임금의 법을 따라야 한다.
5. 七患 : 備飮蓄食 비음축식
   어려울 때를 대비해 먹을 것을 비축해두어야 한다.
6. 辭過 : 節中約過 절중약과
   알맞게 절약하고 지나친 것을 간소하게 한다.
7. 三辯 : 侈樂亂世 치악난세
   사치스런 음악은 세상을 어지럽힌다.
8. 尙賢(上中下) : 崇賢興國 숭현흥국
   현인을 숭상하여 국가를 부흥시킨다.
9. 尙同(上中下) : 同道均濟 동도균제
   도를 같게 하면 백성을 골고루 구제할 수 있다.
10. 兼愛(上中下) : 相愛交利 상애교리
    서로 사랑하여 이익을 교환한다.

11. 非攻(上中下) : 戰爭逆命 전쟁역명
전쟁은 하늘의 뜻을 거역하는 것이다.

12. 節用(上中下) : 節財簡事 절재간사
재물을 절약하고 일을 간소하게 한다.

13. 節葬(上中下) : 節喪儉葬 절상검장
장례를 간소하게 한다.

14. 天志(上中下) : 順天立義 순천입의
하늘의 뜻에 따라 정의를 세운다.

15. 明鬼(上中下) : 崇鬼拜天 숭귀배천
귀신과 하늘을 숭배해야 한다.

16. 非樂(上中下) : 耽樂浪費 탐악낭비
음악을 즐기면 재물을 낭비하게 된다.

17. 非命(上中下) : 富貴非命 부귀비명
부귀는 팔자가 아니다.

18. 非儒(上下) : 古學無新 고학무신
유가의 학문은 개혁할 줄 모른다.

19. 大取 : 取大捨小 취대사소
선택할 수밖에 없는 것은 큰 것을 취하고 작은 것을 버린다.

20. 小取 : 合同取異 합동취이
같은 것은 합하고 다른 것도 취한다.

21. 耕柱 : 公義眞寶 공의진보
    공공의 정의가 참된 보배이다.

22. 貴義 : 曲材直繩 곡재직승
    굽은 나무에도 먹줄은 곧다.

23. 公孟 : 實用利世 실용이세
    실용적이어야 세상을 이롭게 한다.

24. 魯問 : 得一利萬 득일이만
    도를 알면 만민을 이롭게 할 수 있다

25. 公輸 : 神攻妙守 신공묘수
    공격과 수성을 신묘하게 한다.

1. 親士 친사

賢士國寶 현사국보

현명한 선비가 국가의 보배이다.

善士良賢爲國力 선사량현위국력

疏忘遠棄終亡國 소망원기종망국

延延弗弗則忠臣 연연불불즉충신

謟佞阿諛則逆賊 첨녕아유즉역적

참선비와 현명한 사람은 국가의 힘인데

그들을 소홀히 하면 결국 나라를 망친다

논쟁을 진지하게 하여 임금의 뜻에 거슬리더라도

간언하는 자는 충신이고

아첨하는 자는 역적이다

2. 修身 수신

治本理末 치본이말

근본을 다스려 말단을 단속한다.

治學遷爲滋正雅 치학천위자정아

修身篤志成陶冶 수신독지성도야

回思反察執來源 회사반찰집래원

白髮光顚猶不捨 백발광전유불사

학문을 실천하여 정아함을 기르고

심신을 수양하여 인격을 도야한다

자신을 반성하여 근본을 바로함은

늙어서도 그만두지 않는 듯

3. 所染 소염

染心薰性 염심훈성

심성을 감화시켜야 한다.

赤黑青黃染白絲 적흑청황염백사

賢臣管仲薰桓公 현신관중훈환공

從中順理遵當義 종중순리준당의

正俗安民育協同 정속안민육협동

오색이 흰 실을 물들이듯

현명한 신하 관중은 환공을 감화시켰다

중용을 잡아 이치를 실행하는 것은 당연한 도리에 따라 변화하고

풍속을 바르게 하고 백성을 편안히 하는 것은 협동을 기른다

4. 法儀 법의

從天依法 종천의법

하늘의 뜻과 임금의 법을 따라야 한다.

工人失法無容易 공인실법무용이

曲直方圓從準器 곡직방원종준기

父母師君不足依 부모사군부족의

行公厚實宗天志 행공후실종천지

기술자는 법도를 잃으면 쉽게 만들 수 있는 게 없으므로

굽히고 곧게 하고 각지고 둥글게 하는 것은 척도에 따른다

부모와 스승과 임금은 믿을만하지 못하니

가장 공평하고 충실하게 함은 하늘의 뜻을 종주로 삼는다

5. 七患 칠환

備飮蓄食 비음축식

어려울 때를 대비해 먹을 것을 비축해두어야 한다.

餓饉三年非國家 아근삼년비국가

常時飮食人民寶 상시음식인민보

荒年不備不充分 황년불비불충분

社稷黎民何可保 사직여민하가보

굶는 것이 삼년이나 되면 그의 국가가 아니니

일상 먹는 음식은 백성의 보배이다

흉년을 대비하지 않으면 먹고 살기 힘드니

사직과 백성을 어떻게 보호할 수 있는가

6. 辭過 사과

節中約過 절중약과

알맞게 절약하고 지나친 것을 간소하게 한다.

溫房暖室避寒居 온방난실피한거

作履縫衣保體膚 작리봉의보체부

放僻豪奢難治世 방벽호사난치세

君民不節曷相扶 군민부절갈상부

집을 따뜻하게 하는 것은 차고 습한 것을 피하기 위함이고

신을 만들고 의복을 짓는 것은 몸을 보호하기 위한 것

제멋대로 하고 호사스럽게 하는 것으로는 세상 다스리기 어려우니

나라와 백성이 절약하지 아니하고 어찌 돕고 살겠는가

7. 三辯 삼변

侈樂亂世 치악난세

사치스런 음악은 세상을 어지럽힌다.

堯舜茅茨爲禮樂 요순모자위예악

武王作象平天下 무왕작상평천하

逾繁越寡治民難 유번월과치민난

侈樂華聲何若野 치악화성하약야

요순은 띳집을 짓고도 예악을 행했지만

무왕은 상이란 음악을 지어 천하를 다스렸다

호화로울수록 재물은 적어져 백성을 다스리기 어려우니

사치스런 음악이 어찌 소박한 것만 하겠는가?

8. **尙賢**(上中下) 상현(상중하)

崇賢興國 숭현흥국

현인을 숭상하여 국가를 부흥시킨다.

弱國貧家充足食 약국빈가충족식

疏賢遠士何能得 소현원사하능득

尊言譽德弼君王 존언예덕필군왕

敬道恭文輔社稷 경도공문보사직

약소 국가가 부강하려 하면서

선비를 멀리하고 어떻게 이룰 수 있으랴

어진 선비의 말을 존중하고 덕을 높이면 군왕을

보필해주고

진리와 학문을 인정해주면 사직을 보호해준다

9. 尙同(上中下) 상동(상중하)

同道均濟 동도균제

도를 같게 하면 백성을 골고루 구제할 수 있다.

上古言論相異討 상고언론상이토

推賢立主求同道 추현입주구동도

群臣百姓效君王 군신백성효군왕

三代從天均濟保 삼대종천균제보

옛날에 논의할 때는 뜻이 달라 싸웠으니

현인을 추천하고 임금을 세워 같은 도를 추구한 것이다

신하와 백성을 임금과 같게 하였으며

삼대 성왕들은 하늘을 받들어 백성을 골고루 구제하였다 .

10. 兼愛(上中下) 겸애(상중하)

相愛交利 상애교리

서로 사랑하여 이익을 교환한다.

國家悖亂有緣由 국가패란유연유

孝悌親和不越牆 효제친화불월장

差別自他相討伐 차별자타상토벌

兼交愛利皆繁昌 겸교애리개번창

국가 혼란에는 까닭이 있는 데

그것은 자기 부모형제만을 사랑하기 때문이다

자타를 차별하면 서로 공격하고

서로 사랑하고 이익을 나누면 모두가 번창한다

11. 非攻(上中下) 비공(상중하)

戰爭逆命 전쟁역명

전쟁은 하늘의 뜻을 거역하는 것이다.

偸桃不甚傷人首 투도불심상인수

害義逾多罪益厚 해의유다죄익후

失手喪人受大刑 실수상인수대형

悲爭慘血何稱久 비쟁참혈하칭구

복숭아를 훔친 죄는 인명을 상한 것보다 심하지 않고

정의를 해친 것이 심할수록 벌은 더욱 무거워진다

실수로 사람을 상해해도 중벌을 받는데

비참한 전쟁으로 사람을 죽였는데 어찌 오래도록

칭송하나

12. 節用(上中下) 절용(상중하)

節財簡事 절재간사

재물을 절약하고 일을 간소하게 한다.

分財節貨能增力 분재절화능증력

簡事便爲能附益 간사편위능부익

適切應時不浪錢 적절응시불낭전

人民大利明王策 인민대리명왕책

재화를 절약하면 힘을 키울 수 있고

일을 간편하게 하면 이익이 배가 된다

적절히 사용하여 낭비하지 않음으로써

백성을 이롭게 하는 것이 성왕의 대책이다

13. **節葬**(上中下) 절장(상중하)

節喪儉葬 절상검장

장례를 간소하게 한다.

杖起扶行力不實 장기부행역불실

厚棺高壟竭家室 후관고농갈가실

居喪儉素利相生 거상검소이상생

侍墓非長業不失 시묘비장업불실

상중에 부축해서 거동할 정도로 하면 몸이 충실하지 않게 되고

장례를 후하게 치루면 가산을 탕진하게 된다

상을 검소하게 하면 서로를 이롭게 할 수 있고

상을 오래 하지 않으면 생업에 종사할 수 있다

14. 天志(上中下) 천지(상중하)

順天立義 순천입의

하늘의 뜻에 따라 정의를 세운다.

從規準矩成容器 종규준구성용기

事鬼順天爲政義 사귀순천위정의

劫弱欺愚反國家 겁약기우반국가

相殘互賊違天意 상잔호적위천의

척도를 따라 모양을 그려내듯

귀신을 섬기고 하늘에 순종함을 정치 정의로 삼는다

약자를 겁탈하고 어리석은 이를 속이는 것은 국가에 해가 되니

서로 해치는 것은 하늘의 뜻에 상반되는 것이다

15. 明鬼(上中下) 명귀(상중하)

崇鬼拜天 숭귀배천

귀신과 하늘을 숭배해야 한다.

事鬼尊神天下興 사귀존신천하흥

疑天不信萬民亡 의천불신만민망

揚賢抑暴從天志 양현억폭종천지

害義侵忠起苛殃 해의침충기가앙

귀신에 제사를 지내면 천하가 흥하고

하늘을 의심하여 믿지 않으면 백성이 망한다

현자에게 보답하고 폭력을 응징하는 것은 하늘의 뜻이고

충의를 해치면 재앙이 일어난다

16. 非樂(上中下) 비악(상중하)

耽樂浪費 탐악낭비

음악을 즐기면 재물을 낭비하게 된다.

鳴鍾打鼓非無節 명종타고비무절

見色聞聲非不悅 견색문성비불열

享樂耽音蕩國財 향악탐음탕국재

黎民食貨憂枯竭 여민식화우고갈

악기 소리가 좋지 않아서도 아니고

춤과 노랫소리가 즐겁지 않아서도 아니다

음악을 즐기면 나라의 재물을 낭비하여

백성들의 의식주가 바닥날까 염려해서이다

17. 非命(上中下) 비명(상중하)

富貴非命 부귀비명

부귀는 팔자가 아니다.

萬壽高官何以禱 만수고관하이도

區非別害基三表 구비별해기삼표

衡情處事廣民生 형정처사광민생

考古思今疑物兆 고고사금의물조

장수하고 고관대작 지내는 것을 어떻게 기도할까

시비와 이해를 구별함은 삼표법에 맞추어 보아야

사정에 비추어 사업을 하되 백성의 실용을 넓게 하며

고금의 역사를 살펴 사물의 징조를 의심해야 한다

18. 非儒(上下) 비유(상하)

古學無新 고학무신

유가의 학문은 개혁할 줄 모른다.

儒家教導從天命 유가교도종천명

百姓無知無改造 백성무지무개조

古服陳言君子然 고복진언군자연

循而不創小人道 순이불창소인도

유가는 천명에 순종하라고 가르치나

백성들은 무지하여 운명을 개척할 줄 모르는구나

옛날 옷을 입고 옛날 말을 하며 군자인 척 하지만

그대로 따르고 새롭게 창조하지 못하니 소인의 도로구나

19. 大取 대취

取大捨小 취대사소

선택할 수밖에 없는 것은 큰 것을 취하고 작은 것을 버린다.

善地居長存利益 선지거장존이익

危途取短竝非損 위도취단병비손

死生若一非無餘 사생약일비무여

斷指存肩非擇混 단지존견비택혼

좋은 상황에서 작은 것을 버리고 큰 것을 취하는 것은 이익을 보는 것이고

위험한 상황에서 작은 손해를 선택하는 것은 손해가 아니다

죽고 사는 것이 같더라도 선택의 여지가 없는 것은 아니고

손가락을 잃고 팔을 보전한다면 잘못 선택하는 것이 아니다

20. 小取 소취

合同取異 합동취이

같은 것은 합하고 다른 것도 취한다.

論名辯實明緣故 논명변실명연고

擧此言他曰譬喩 거차언타왈비유

比語俱行曰合侔 비어구행왈합모

事無獨是曰援註 사무독시왈원주

이름과 실질을 논변함은 옳고 그른 것의 까닭을 밝히는 것이다

이것으로 저것을 말하는 것을 비유라 하고

말을 나란히 같게 하는 것을 합모라 하며

다른 사람이 그러한 데 나만 홀로 어찌 그렇지 않은가 하는 것을 원주라 한다

21. **耕柱** 경주

公義眞寶 공의진보

공공의 정의가 참된 보배이다.

和璧隋珠不可良 화벽수주불가량

佳珍貴玉爲君王 가진귀옥위군왕

行刑治政宗公義 행형치정종공의

定社安民可久長 정사안민가구장

화씨의 옥이나 수후의 진주는 보물이 될 수 없다

귀한 물건은 군왕의 것일 뿐이기 때문이다

형벌을 집행하고 정치를 베푸는데 인의를 종주로 하면

사직을 편안히 하고 백성을 다스림이 오래 갈 수 있을 것

22. 貴義 귀의

曲材直繩 곡재직승

굽은 나무에도 먹줄은 곧다.

行義不能不背衡 행의불능불배형

斲松不可無排繩 착송불가무배승

言仁例禹無違實 언인례우무위실

混僞搖眞慧不應 혼위요진혜불응

의를 행할 때 할 수 없다고 도를 위배하지 않고

나무가 굽었다고 먹줄을 구부리지 않는다

어진 사람의 예로 우임금을 말하는 것은 사실과

부합하지만

진위가 섞여 혼란스러우면 지혜로도 구분하기 어렵다

23. 公孟 공맹

實用利世 실용이세

실용적이어야 세상을 이롭게 한다.

學禮吟詩詳萬物 학례음시상만물

若如盛代爲天子 약여성대위천자

亡功失用遠人民 망공실용원인민

搢笏戴冠何以仕 진홀대관하이사

예악을 배우고 시서를 외우면 만물에 통달하고

태평한 시대라면 천자도 할 수 있을 것이다

공을 이루지도 못하고 실용성도 없어 백성을 떠났다면

홀을 옆구리에 차고 관모를 썼다고 어찌 벼슬할 수 있으랴

24. 魯問 노문

得一利萬 득일이만

도를 알면 만민을 이롭게 할 수 있다

勤勞稼穡救家貧 근로가색구가빈

學法營農食萬人 학법영농식만인

教義尙同平亂國 교의상동평난국

知仁識道救黎民 지인식도구여민

부지런히 농사지으면 처자를 먹여 살릴 수 있으나
농법을 배워 영농을 하면 백성을 먹여 살릴 수 있다
정의를 가르쳐 백성을 똑같게 하면 난국을 다스릴 수 있고
인과 도를 알게 하면 백성들을 구제할 수 있다

25. 公輸 공수

神攻妙守 신공묘수

공격과 수성을 신묘하게 한다.

雲梯九變越高宮 운제구변월고궁

將士忠誠禦百攻 장사충성어백공

妙策神方人不到 묘책신방인부도

喊聲鳴箭滿天空 함성명전만천공

고가 사다리로 높은 성을 넘어가고

병사의 충성심은 어떤 공격도 막아낸다

신묘한 방책은 사람들이 알지 못하고

함성소리와 화살 우는 소리 하늘에 가득하다

10. 한비자

한비자韓非子(약B.C.280~233)의 성은 한韓이고, 이름은 비非이다. 전국 시대 말기 한나라 공자公子로서 중술파重術派인 신불해申不害(B.C.400~337), 중법파重法派인 상앙商鞅(B.C.390~338), 중세파重勢派인 신도愼到(B.C.350~275) 등 세 법가의 중심 사상인 법法·술術·세勢를 통합 집대성하여 법치 국가의 기본 모형을 완성했다.

『한비자』는 『한서』「예문지」에 『한자韓子』라는 이름으로 모두 55편이라고 말했으며, 현존하는 것 역시 전체 55편이다.

한비자의 주요 사상은 정치는 현인에게 맡기는 것이 아니라, 법에 맡겨야 한다는 임법주의자任法主義者이다. 그가 법치를 주장하게 된 배경은 첫째 주대 초기의 봉건封建 체제는 천자와 제후 사이에 대체적으로 가까운 친인척親姻戚 관계로 유지되었으나 세월이 갈수록 멀어져 거의 남남의 관계가 되었다. 둘째 혈연血緣 관계가 가깝고 물자가 충분할 때는 인의仁義 도덕으로 질서 유지가 가능했지만, 물자가 부족해지고 혈연관계가 멀어지면서 인의仁義 도덕의 힘은 무력해졌다.

셋째 한비자는 사람을 자기의 이익 추구를 스스로 제어制御하지 못하는 존재로 보았고, 부모·형제·처자식 누구 할 것 없이 모두가 자기의 이익을 먼저 생각하며, 자기의 이익을 위해서라면 무슨 일이든지 할 수 있는 존재로 보았다. 그래서 한비자는 유가의 인의仁義 도덕의 방법을 용도用途 폐기廢棄하고 포법처세抱法處勢의 방법을 택해야 한다고 주장하게 된 것이다. 포법처세는 법을 지키며 권세를 적절히 운용하는 것으로서 요순堯舜이 아닌 보통 수준의 군주들이 쉽게 정치를 할 수 있는 방법이라는 것이다.

관자가 "창고가 가득하면 예절을 알고, 의식이 족하면 영욕을 안다"(「목민」)고 말했는데, 한비자는 "성왕이 제정한 법의 포상은 권선하기에 충분하고, 위엄은 포악을 억제하기에 충분하다"(「수도」)라고 하였다. 실천 방법상 관자는 관리철학자로서 경제를 중시하고, 한비자는 법철학자로서 법을 중시했다.

주요 개념어 :
法, 術, 勢, 抱法處勢, 任法

1. 初見秦 : 不信不成 불신불성
   백성이 믿지 않으면 되는 일이 없다.
2. 存韓 : 親交和涉 친교화섭
   이웃 간에 친하게 지내야 한다.
3. 難言 : 困惑難通 곤혹난통
   말은 적당히 하기도 어렵고 수용되기도 어렵다.
4. 愛臣 : 尊位重勢 존위중세
   임금의 지위를 존중하고 힘을 실어주어야 한다.
5. 主道 : 無表有能 무표유능
   임금이 아무런 표현을 안 하면 신하는 최선을 다한다.
6. 有度 : 奉法國强 봉법국강
   법을 받들면 나라가 강해진다.
7. 二柄 : 德賞刑罰 덕상형벌
   임금의 정치 도구는 상과 벌이다.
8. 揚權 : 天命人令 천명인령
   만물이 천명을 따라야 하듯 백성은 임금의 명령을 따라야 한다.
9. 八姦 : 審近防姦 심근방간
   가까운 사람을 살펴서 간사한 짓을 못하게 한다.
10. 十過 : 過少失多 과소실다
    작은 과오로 많은 것을 잃는다.

11. 孤憤 : 燭私矯姦 촉사교간

법술을 잘 아는 선비는 사사로운 것을 구분해주고 간사한 것을 고쳐준다.

12. 說難 : 悖言逆鱗 패언역린

임금의 뜻에 거슬리는 말은 목숨을 위태롭게 한다.

13. 和氏 : 明法隱術 명법은술

법의 공포는 분명하게 하고 권력의 운용은 비밀스럽게 한다.

14. 姦劫弑臣 : 嚴刑禁惡 엄형금악

현명한 군주는 엄한 형벌로 악한 짓을 못하게 한다.

15. 亡徵 : 治亂相依 치란상의

평화와 혼란은 서로 의존해 있다.

16. 三守 : 執柄守位 집병수위

권력을 잡고 있어야 보위를 지킬 수 있다.

17. 備內 : 防內禦外 방내어외

임금은 내외를 견제해야 한다.

18. 南面 : 準事變法 준사변법

시대 사정에 따라 법을 바꾸어야 한다.

19. 飾邪 : 法全智失 법전지실

법이 완비되면 권모술수가 설 자리가 없다.

20. 解老 : 生道成理 생도성리

만물을 낳는 도가 만사만물을 이루는 이치이다.

21. 喩老 : 知足常足 지족상족
    족할 줄 알면 늘 만족할 수 있다.

22. 說林(上) : 知機用柄 지기용병
    일의 기미를 알고 권력을 활용해야 한다.

23. 說林(下) : 歸本知道 귀본지도
    근본으로 돌아가 도를 터득한다.

24. 觀行 : 失道迷惑 실도미혹
    도를 잃으면 미혹에 빠진다.

25. 安危 : 忠法樂生 충법낙생
    법을 충심으로 지켜 삶을 즐겁게 한다.

26. 守道 : 立法守道 입법수도
    법을 제정하여 정치의 도를 지킨다.

27. 用人 : 教法訓民 교법훈민
    법으로 백성을 교화한다.

28. 功名 : 深水浮船 심수부선
    민심이 따라주면 임금이 된다.

29. 大體 : 存天守性 존천수성
    천리를 보존하여 성정을 지킨다.

30. 內儲說(上) : 謀內制外 모내제외
    마음속으로 대책을 세워 백성을 다스린다.

31. 內儲說(下) : 察微備豫 찰미비예
기미를 미리 살펴 미래를 대비한다.

32. 外儲說(左上) : 觀行制臣 관행제신
신하의 언행을 살펴 제재한다.

33. 外儲說(左下) : 君强臣從 군강신종
임금이 강하면 신하가 따른다.

34. 外儲說(右上) : 不化除因 불화제인
권력으로 교화가 되지 않는 사람은 제거한다.

35. 外儲說(右下) : 因理立功 인리입공
사물의 이치에 따라야 공을 세울 수 있다.

36. 難(一) : 依法化民 의법화민
법으로 백성을 교화시켜야 한다.

37. 難(二) : 治術時宜 치술시의
백성 다스림은 시의적절해야 한다

38. 難(三) : 兩全難成 양전난성
양쪽을 모두 만족시키기는 어렵다.

39. 難(四) : 明君賢臣 명군현신
현명한 임금이라야 현명한 신하를 얻는다.

40. 難勢 : 賢君威勢 현군위세
현명한 군주라야 권세를 위엄 있게 쓸 수 있다.

41. 問辯 : 貴言適事 귀언적사
임금의 명령과 법은 백성들에게 가장 중요한 기준이다.

42. 問田 : 立法設數 입법설수
법을 제정하여 백성들의 기준을 마련해준다.

43. 定法 : 懸法抱術 현법포술
법은 공포하고 치술은 마음속에 간직해야 한다.

44. 說疑 : 禁心上治 금심상치
간사한 마음을 갖지 못하게 하는 것이 최상의 정치이다.

45. 詭使 : 廢私立公 폐사입공
사사로운 학술을 없애고 공공의 법을 세운다.

46. 六反 : 君重民輕 군중민경
임금이 중시하는 것을 백성은 경시한다.

47. 八說 : 息仁明法 식인명법
공자 묵자의 인을 버리고 법술세의 방법을 써야 한다.

48. 八經 : 因情設法 인정설법
인정에 따라 법을 제정해야 한다.

49. 五蠹 : 世異處殊 세이처수
세상이 변하면 일을 처리하는 방법도 달라져야 한다.

50. 顯學 : 顯學亂世 현학난세
유가와 묵가의 학설이 세상을 어지럽힌다.

51. 忠孝 : 舍賢任法 사현임법

현인을 버리고 법에 맡긴다.

52. 人主 : 失勢殆位 실세태위

위세를 잃으면 군왕의 지위가 위태롭다.

53. 飭令 : 任功授賞 임공수상

공에 따라 상을 준다.

54. 心度 : 刑勝利民 형승이민

형벌이 상보다 크면 백성에게 이롭다.

55. 制分 : 制度分爵 제도분작

지위를 정하여 벼슬을 등급화 한다.

1. 初見秦 초현진

不信不成 불신불성

백성이 믿지 않으면 되는 일이 없다.

昏君亂國攻安國 혼군난국공안국

將反兵回何可得 장반병회하가득

與賞行刑盡信然 여상행형진신연

無爭不伐窮難賊 무쟁불벌궁난적

혼란한 나라가 안정된 나라를 침략하면

장수와 병사들은 모두 돌아서니 어찌 승리할 수 있는가

상벌을 진실로 믿게 하면

싸우지 않고도 난적을 궁지에 몰아넣을 수 있다

2. 存韓 존한

親交和涉 친교화섭

이웃 간에 친하게 지내야 한다.

微韓世世事强秦 미한세세사강진

五國攻秦嘗扞輪 오국공진상한륜

陛下侵韓關社稷 폐하침한관사직

鬼神沮止失人民 귀신저지실인민

힘없는 한나라는 대대로 강한 진나라를 섬겨왔고

이웃나라가 진나라를 공격하려 할 때 막아준 적이 있다

임금께서 한나라를 침략하여 종묘사직을 닫아버린다면

귀신들도 방해하여 민심을 잃게 할 것이다

3. 難言 난언

困惑難通 곤혹난통

말은 적당히 하기도 어렵고 수용되기도 어렵다.

滑澤洋洋義不充 활택양양의불충

愼完淳朴表無紅 신완순박표무홍

思量正直非眞聽 사량정직비진청

義理全宜亦不通 의리전의역불통

매끄럽게 하는 말은 뜻이 불충분하고

완벽하고 질박한 말은 부드럽게 다듬지 않는다

깊이 생각하여 정직하게 말을 해도 진정 들으려 하지 않고

도리에 맞게 해도 역시 받아들여지지 않는다

4. 愛臣 애신

尊位重勢 존위중세

임금의 지위를 존중하고 힘을 실어주어야 한다.

權臣太貴危君位 권신태귀위군위

將相輔君隆國利 장상보군융국리

士卒居軍不得私 사졸거군부득사

尊公重主開安治 존공중주개안치

힘 있는 신하가 너무 귀해지면 임금의 지위를 위태롭게 하고

장수나 재상이 임금을 보필하면 국익이 많아진다

병졸이 군대 생활할 때 사사로운 관계를 맺으면 안 되고

공적인 일을 존중하고 임금을 중히 여기면 나라가 다스려진다

5. 主道 주도

無表有能 무표유능

임금이 아무런 표현을 안 하면 신하는 최선을 다한다.

莫奈無何見大宜 막내무하견대의

聞疵見惡若無知 문자견악약무지

無爲不露形名合 무위불로형명합

有欲開幾獨擅滋 유욕개기독천자

도를 볼 수 없는 것처럼

신하의 과오를 모르는 척하라

임금이 아무런 낌새를 보이지 않으면 신하들이 하는 일과

명분이 일치하나

욕심을 내어 마음을 드러내면 제멋대로 행한다

6. **有度** 유도

奉法國强 봉법국강

법을 받들면 나라가 강해진다.

尊君奉法國家强 존군봉법국가강

蔽主群朋混亂颺 폐주군붕혼란양

使法論功閑統治 사법논공한통치

姦言佞祿蘊災殃 간언녕록온재앙

임금을 존중하고 국법을 받들면 국가가 강해지나

임금을 속이고 붕당을 만들면 혼란이 일어난다

법에 의해 공을 논하면 정치가 쉽지만

간사한 말을 들어 벼슬을 주면 재앙이 쌓인다

7. 二柄 이병

德賞刑罰 덕상형벌

임금의 정치 도구는 상과 벌이다.

導制群臣因賞罰 도제군신인상벌

明君暗柄推忠竭 명군암병추충갈

當名合實惠慈恩 당명합실혜자은

逆事違言該命卒 역사위언해명졸

군신들을 제어하는 것은 상과 벌이니

지혜로운 군주는 상벌의 마음을 숨겨 충성을 다하게 한다

명분에 합당하고 사실이 일치하면 은혜를 베풀고

사리에 어긋나고 약속을 지키지 않으면 벌을 내린다

8. **揚權** 양권

天命人令 천명인령

만물이 천명을 따라야 하듯 백성은 임금의 명령을 따라야 한다.

聖主操名治萬民 성주조명치만민

忠臣復命效形因 충신복명효형인

無爲不作通天下 무위부작통천하

若地如天莫不均 약지여천막불균

임금은 명분을 가지고 백성을 다스리고

신하는 명령을 실행하되 임금의 뜻을 따른다

임금은 아무런 내색하지 않아도 천하에 통함이

천지가 만물 대하듯 고르지 않은 것이 없다

9. 八姦 팔간

審近防姦 심근방간

가까운 사람을 살펴서 간사한 짓을 못하게 한다.

同牀側近亂君魂 동상측근난군혼

父子權臣犯主恩 부자권신범주은

察內觀旁關請謁 찰내관방관청알

容陳問責防姦言 용진문책방간언

왕비나 내시 같이 가까운 사람은 임금의 정신을 흐려놓고

부모자식이나 권신들은 임금의 은혜를 침범한다

안팎을 관찰하여 사사로이 청탁하는 것을 막고

정책을 제시하면 시켜보고 잘못되면 문책하여 간사한

말을 방지한다

10. 十過 십과

過少失多 과소실다

작은 과오로 많은 것을 잃는다.

貪利無禁滅國家 탐리무금멸국가

非行失禮亡身華 비행실례망신화

離宮出遠危君位 이궁출원위군위

不用諫臣陷僻邪 불용간신함벽사

욕심에 끝이 없으면 국가가 망하고

잘못을 저지르거나 예를 잃으면 체면을 잃는다

궁을 멀리 떠나면 임금자리가 위험하고

직언하는 신하를 쓰지 않으면 사악함에 빠진다

11. 孤憤 고분

燭私矯姦 촉사교간

법술을 잘 아는 선비는 사사로운 것을 구분해주고 간사한 것을 고쳐준다.

鷲見鴻知燭惡人 취견홍지촉악인

强脣勁項矯姦臣 강순경항교간신

無偏不黨常孤憤 무편부당상고분

直諫嵌危莫顧身 직간감위막고신

법술을 잘 아는 선비의 높은 지혜는 사악한 사람을 깨우치고

강직한 성품은 간신을 고쳐준다

파당을 짓지 않으니 고군분투하게 되고

임금의 잘못을 간언하여 위험에 빠져도 자기 몸을 돌보지 않는다

12. 說難 세난

悖言逆鱗 패언역린

임금의 뜻에 거슬리는 말은 목숨을 위태롭게 한다.

分差辨異未踰言 분차변이미유언

悟道傳眞莫不誾 오도전진막불은

得愛除憎才困惑 득애제증재곤혹

談論不可逆頸鱗 담론불가역경린

차이를 구분하는 것은 말로 할 수 있고

도를 깨달아 진실을 전하는 것도 온화하게 할 수 있다

사랑을 얻고 미움을 제거하여 말하는 것이 곤혹스러워도

군주를 화나게 하는 말을 해서는 안 된다

13. 和氏 화씨

明法隱術 명법은술

법의 공포는 분명하게 하고 권력의 운용은 비밀스럽게 한다.

難知璞玉流山谷 난지박옥유산곡

困得賢臣坐監獄 곤득현신좌감옥

君主無明僇士民 군주무명륙사민

國家法術何充足 국가법술하충족

알기 어려운 옥의 원석은 산속에서 뒹굴고

얻기 어려운 현명한 신하는 감옥에 갇혀있다

군주가 어리석어 선비와 백성을 죽인다면

국가의 법술은 어떻게 충족시킬 것인가?

14. **姦劫弑臣** 간겁시신

嚴刑禁惡 엄형금악

현명한 군주는 엄한 형벌로 악한 짓을 못하게 한다.

嚴刑重罰籠人欲 엄형중벌농인욕

德惠哀憐充義足 덕혜애련충의족

世學詩書敎萬民 세학시서교만민

賢君法術惶禁觸 현군법술황금촉

엄한 형벌은 사람의 욕심을 제어하고

덕을 베풀어 불쌍히 여김은 도덕정감을 충족시킨다

세상에서는 고전을 가르쳐 백성을 교화시키나

현명한 임금은 법술로 금지하는 일을 못하게 한다

15. 亡徵 망징

治亂相依 치란상의

평화와 혼란은 서로 의존해 있다.

國弱家强社稷危 국약가강사직위

君輕相重位階移 군경상중위계이

亡徵滅候由離道 망징멸후유리도

簡法權謀失大宜 간법권모실대의

나라가 약하고 대부가 강하면 사직이 위험하고

임금이 가볍고 삼공이 존중되면 위계질서가 무너진다

멸망할 징후는 도를 이탈하는 데서 비롯되고

법을 간략히 하고 권모술수를 쓰면 법의 대의를 잃는다

16. 三守 삼수

執柄守位 집병수위

권력을 잡고 있어야 보위를 지킬 수 있다.

守密藏心可得聞 수밀장심가득문
持權執柄制官員 지권집병제관원
群臣鬻寵充私利 군신죽총충사리
奪勢稱名擅主君 탈세칭명천주군

비밀을 지키면 충신의 직언을 들을 수 있고
권력을 장악하고 있으면 신하를 제어할 수 있다
신하들은 총애를 얻어 사리사욕을 채우고
권세를 빼앗아 임금을 흔들려고 한다

17. 備內 비내

防內禦外 방내어외

임금은 내외를 견제해야 한다.

醫生唅血非親愛 의생함혈비친애

木匠成棺非惡輩 목장성관비악배

信近依隣養禍根 신근의린양화근

交權付勢遷君垈 교권부세천군대

의사가 환부의 피를 빨아내는 것은 친애하기 때문이 아니며

목공이 관을 짜는 것은 악한 사람이기 때문이 아니다

가까운 사람을 믿고 이웃에 의지하는 것은 화근이 되며

신하에게 권력을 부여하면 임금의 자리가 바뀐다

18. 南面 남면

準事變法·준사변법

시대 사정에 따라 법을 바꾸어야 한다.

先容後責制群臣 선용후책제군신
任理除姦統萬民 임리제간통만민
系事通時依變法 계사통시의변법
從公奉法得平均 종공봉법득평균

먼저 의견을 받아들이고 나중에 책임을 물으면 군신을 제어할 수 있고
이치에 맡겨 간사함을 제거하면 백성을 다스릴 수 있다
시대 사정에 알맞게 법을 고치고
공공의 이익을 좇아 법을 받들면 골고루 이익을 나눌 수 있다

19. **飾邪** 식사

法全智失 법전지실

법이 완비되면 권모술수가 설 자리가 없다.

道法常同無一錯 도법상동무일착

賢能少得多衡縛 현능소득다형박

明君設法置安全 명군설법치안전

亂主謀能旋險惡 난주모능선험악

도와 법은 늘 같아서 하나의 착오도 없지만

꾀부리는 사람은 조금 얻고 많이 어긋난다

현명한 군주는 법을 제정하여 백성을 안전하게 하지만

혼란한 군주는 꾀를 부려 험악한 세상에서 맴돈다

20. **解老** 해로

生道成理 생도성리

만물을 낳는 도가 만사만물을 이루는 이치이다.

萬理稽程根大道 만리계정근대도

生成產物由天造 생성산물유천조

無爲外得本玄虛 무위외득본현허

欲靜身全爲德寶 욕정신전위덕보

모든 이치가 형성되는 것은 진리에 뿌리를 두고

만물을 생성하고 낳는 것은 천지의 조화를 따른다

무위하지만 외부로부터 얻는 것은 도의 현허함에 근본을 두고

욕심이 정화되고 몸이 온전해짐이 최고의 덕이다

21. 喩老 유로

知足常足 지족상족

족할 줄 알면 늘 만족할 수 있다.

國治身生最正常 국치신생최정상

霸王富貴可餘光 패왕부귀가여광

虛心滿足終無禍 허심만족종무화

守道何憂曷咎殃 수도하우갈구앙

나라가 다스려지고 몸이 살아 있다는 것이 가장 정상적인 것이고

패왕이 되고 부귀해지는 것은 여유가 있을 경우이다

마음 비워 만족하면 끝내 화를 당하지 않으니

도를 지키면 어떻게 근심과 재앙이 생기겠는가

22. 說林(上) 세림(상)

知機用柄 지기용병

일의 기미를 알고 권력을 활용해야 한다.

臨危適變存生命 임위적변존생명

反轉攻虛逃陷穽 반전공허도함정

甲盾槍矛自己羸 갑순창모자기영

權謀智略隨機柄 권모지략수기병

위기가 닥쳤을 때 적절히 변화하면 목숨을 보전하고

반전하여 적의 허점을 공격하면 함정에서 빠져나올 수 있다

방패와 창이 서로 이긴다고 하지만

권모지략은 기미를 알고 권력을 사용하는 데 달려 있다

23. 說林(下) 세림(하)

歸本知道 귀본지도

근본으로 돌아가 도를 터득한다.

平言下語含眞善 평언하어함진선

伯樂誨人牽反面 백락회인견반면

萬事人情無不歸 만사인정무불귀

賢君治本安宮殿 현군치본안궁전

평범한 언어 속에 진리가 내포되어 있으니

백락이 사람들에게 말 분별법을 가르칠 때는 반대쪽을 지적했다

온갖 일과 인정은 근본으로 돌아가지 않는 것이 없으니

현군은 근본을 다스려 나라를 안정시킨다

24. 觀行 관행

失道迷惑 실도미혹

도를 잃으면 미혹에 빠진다.

眼目無光何自見 안목무광하자견

心思無道何修繕 심사무도하수선

端鬚雅面照監盤 단수아면조감반

積德修心因道鍊 적덕수심인도련

눈이 빛 없이 어떻게 스스로를 보며

마음이 도 없이 어떻게 수양을 하겠는가

수염을 단정히 하고 얼굴을 치장하는 데는 거울에 비춰보고

덕을 쌓고 마음을 닦는 데는 도를 연마해야 한다

25. **安危** 안위

忠法樂生 충법낙생

법을 충심으로 지켜 삶을 즐겁게 한다.

治亂安危在是非 치란안위재시비
存亡產滅在瑕疵 존망산멸재하자
行刑授賞隨衡法 행형수상수형법
盡力忠心樂善宜 진력충심낙선의

치란과 안위는 국력의 강약에 있는 것이 아니라 시비를
가리는 데 달려 있고
존망은 국력의 많고 적음에 달려 있는 것이 아니라 흠결
유무에 달려 있는 것이다
상과 벌을 주는 것이 균형 있게 집행되면
백성은 몸과 마음을 다하여 올바른 것을 좋아하게 된다

26. 守道 수도

立法守道 입법수도

법을 제정하여 정치의 도를 지킨다.

惡滅善生隨立法 악멸선생수입법

分明正確成公業 분명정확성공업

懷金抱石主安眠 회금포석주안면

非暴無邪民浹洽 비폭무사민협흡

악이 없어지고 선이 생기는 것은 법 제정에 따르고

법을 분명하게 실행하면 국가 사업이 성공한다

신하가 절개를 굳게 가지면 임금이 안심하고

폭력을 쓰지 않고 사악함도 없으니 백성이 두루 화목하다

27. 用人 용인

敎法訓民 교법훈민

법으로 백성을 교화한다.

循天賞罰立功多 순천상벌입공다

釋法依心不得過 석법의심부득과

以法薰心陶耳目 이법훈심도이목

君無怒毒下無蹉 군무노독하무차

천도에 따라 상벌을 내리면 많은 공을 세우지만

법을 버리고 마음에 맡기면 해결할 수 없다

법으로 백성을 교화하면

임금은 화를 내지 않게 되고 백성들은 죄를 짓지 않게 된다

28. 功名 공명

深水浮船 심수부선

민심이 따라주면 임금이 된다.

循時得勢配人心 순시득세배인심

小主卑材御萬民 소주비재어만민

有位愚君能治世 유위우군능치세

無名大德莫群臣 무명대덕막군신

때에 따르며 권세를 얻고 인심을 얻으면

보잘 것 없는 임금이라도 백성을 다스린다

어리석은 임금도 임금 자리에 있으면 세상을 다스릴 수 있고

성현이라도 자리가 없으면 군신을 거느릴 수 없다

29. **大體** 대체

存天守性 존천수성

천리를 보존하여 성정을 지킨다.

復命從天大體衡 복명종천대체형

因情守法萬民平 인정수법만민평

心無好惡言無結 심무호오언무결

澹泊閑居道德生 담박한거도덕생

천명에 따라 천리를 받드니 몸이 균형을 이루고

성정에 맞게 법을 지키니 백성이 평화롭다

마음에 사랑과 미움이 없으니 말이 순하고

욕심없이 한가롭게 살아가니 도와 덕이 생겨난다

30. 內儲說(上) 내저설(상)

謀內制外 모내제외

마음속으로 대책을 세워 백성을 다스린다.

旋言詭使試臣心 선언궤사시신심

挾智參觀察腹眞 협지참관찰복진

信賞忠官臻竭力 신상충관진갈력

非行必罰制人民 비행필벌제인민

돌려 말하고 거짓으로 일을 시켜 신하의 마음을 시험하고

꾀를 가지고 관찰을 하여 속마음을 살펴본다

상을 믿고 직무에 충실히 하며 힘을 다하도록 하고

비행을 저지르면 반드시 벌을 주어 백성을 다스린다

31. 內儲說(下) 내저설(하)

察微備豫 찰미비예

기미를 미리 살펴 미래를 대비한다.

任權借勢危君位 임권차세위군위

召外謀私攻國利 소외모사공국리

考似參疑察本心 고사참의찰본심

敵君干涉觀眞意 적군간섭관진의

권세를 신하에게 맡기면 임금 자리가 위태롭고

외국의 힘을 끌어들여 사익을 꾀하는 것은 국가 이익을

공격하는 것이다

유사한 것과 의심나는 것을 고려하여 본심을 살피고

적국의 임금이 내정 간섭하는 것은 그 진의를 살펴야

한다.

32. **外儲說**(左上) 외저설(좌상)

觀行制臣 관행제신

신하의 언행을 살펴 제재한다.

明王不只讚高儒 명왕부지찬고유
聽取言論考用途 청취언론고용도
隱士無爲何可譽 은사무위하가예
行刑不信曷禁踰 행형불신갈금유

현명한 임금은 훌륭한 선비만을 칭찬하지 않으며
언론을 청취할 때는 실용성을 생각한다
은자는 무위하니 어찌 칭찬할 수 있으며
백성이 형벌을 믿지 않는데 어찌 위법을 금할 수 있나

33. 外儲說(左下) 외저설(좌하)

君强臣從 군강신종

임금이 강하면 신하가 따른다.

犯罪受誅民不怨 범죄수주민불원

勞功得賞何稱萬 노공득상하칭만

微卑主室忌忠言 미비주실기충언

重誼從私無貢獻 중의종사무공헌

죄를 지어 벌을 받으면 백성은 원망하지 않고

공을 세워 상을 받아도 많다고 하지 않는다

임금에게 힘이 없으면 직언을 꺼리고

사사로운 정을 중히 여기면 충성하지 않는다

34. **外儲說**(右上) 외저설(우상)

不化除因 불화제인

권력으로 교화가 되지 않는 사람은 제거한다.

揚名罰惡牧人臣 양명벌악목인신

不服不從去患因 불복부종거환인

治國惠民旋主轂 치국혜민선주곡

群臣不可致分均 군신불가치분균

잘하면 상을 주고 잘못하면 벌주어 신하를 길들이고

불복종하면 그를 제거한다

나라를 다스려 백성을 이롭게 하는 것은 임금을 중심으로

해야 하니

권력을 신하들과 나누어 가질 수 없다

35. **外儲說**(右下) 외저설(우하)

因理立功 인리입공

사물의 이치에 따라야 공을 세울 수 있다.

君王術勢曷臣行 군왕술세갈신행

治亂强微法律生 치란강미법률생

守法從規謀大業 수법종규모대업

隨情順理不勞成 수정순리불로성

군왕의 법술세를 어찌 신하가 행사하랴

치란과 강약은 법률에서 생기는 것

법규를 지켜 대업을 도모하되

실정을 고려하고 이치를 따르면 노력하지 않아도 이루어 진다

36. 難(一) 난(일)

依法化民 의법화민

법으로 백성을 교화시켜야 한다.

唐堯虞舜治臣民 당요우순치신민

化俗成風過數春 화속성풍과수춘

授賞行刑施命令 수상행형시명령

一朝一夕變模新 일조일석변모신

요순이 신하와 백성을 다스렸는데

풍속을 교화함에 수년이 걸렸다

상벌로 명령을 시행하면

하루아침에 백성의 삶이 새로워진다

37. 難(二) 난(이)

治術時宜 치술시의

백성 다스림은 시의적절해야 한다

嚴刑極罰不殘人 엄형극벌부잔인

怨主謗官不逆鱗 원주방관불역린

治罪宜當多亦可 치죄의당다역가

無關不適少非均 무관부적소비균

엄한 형벌이라 하여 모진 것만은 아니며

임금과 관리를 원망하는 것이 거역하는 것만은 아니다

죄를 다스리는 것이 정당하면 많아도 상관없고

죄가 없는 경우라면 적어도 안 된다

38. 難(三) 난(삼)

兩全難成 양전난성

양쪽을 모두 만족시키기는 어렵다.

借勢成功勿使侵 차세성공물사침

寵嬪貴妾勿違禁 총빈귀첩물위금

親庶愛孼毋危適 친서애얼무위적

宰相公卿不敢擒 재상공경불감금

남의 힘을 빌려 일을 할 때 자기를 침범하지 못하게 하고

빈첩을 사랑하되 정비를 위협하지 못하게 하며

서자를 사랑하되 적자를 위협하지 못하게 하고

권신에게 일을 맡기되 임금을 사로잡지 못하게 하는 것이

어렵다

39. 難(四) 난(사)

明君賢臣 명군현신

현명한 임금이라야 현명한 신하를 얻는다.

忠臣逆賊在君王 충신역적재군왕

嚴格公明守善良 엄격공명수선량

察外知微能對備 찰외지미능대비

誅親利敵曷無殃 주친이적갈무앙

충신 역적 여부는 임금에 달려 있는데

엄격하고 정당하면 충신이 된다

외적을 살펴 기미를 알면 대비할 수 있는데

자기 신하를 죽이고 적을 이롭게 한다면 어찌 위태하지 않으랴

40. 難勢 난세

賢君威勢 현군위세

현명한 군주라야 권세를 위엄 있게 쓸 수 있다.

蛇龍不托不能飛 사룡불탁불능비

螾螘有雲不可依 인의유운불가의

執勢愚狂無所用 집세우광무소용

明君哲辟得權威 명군철벽득권위

뱀과 용은 구름에 의탁하지 않으면 하늘을 날 수 없고

지렁이나 개미는 구름이 있어도 날 지 못 한다

권세를 가진 어리석고 광란하는 임금은 권세를 제대로 쓸 수 없고

명철한 임금이라야 권위를 얻을 수 있다

41. 問辯 문변

貴言適事 귀언적사

임금의 명령과 법은 백성들에게 가장 중요한 기준이다.

國法家規最適論 국법가규최적론

人君命令最高言 인군명령최고언

臣民犯軌違倫理 신민범궤위윤리

重智無功詭辯繁 중지무공궤변번

국가의 법규는 가장 적당한 논의 기준이고

임금의 명령은 가장 귀한 말이다

신하와 백성이 법을 어기고 도리를 위반하며

꾀를 중히 여기니 공을 이루지 못하고 궤변만 무성해진다

42. 問田 문전

立法設數 입법설수

법을 제정하여 백성들의 기준을 마련해준다.

服禮行仁全命實 복례행인전명실

修虛棄智成常質 수허기지성상질

量衡設法率民萌 양형설법솔민맹

亂主昏君何默失 난주혼군하묵실

인의예지를 실천하면 생명을 온전히 할 수 있고

욕심과 꾀를 버리면 자연의 질박함을 이룰 수 있다

균형을 헤아려 법을 만들고 백성을 인도해야 하는데

못된 군주의 실수를 어떻게 묵과하겠는가

43. **定法** 정법

懸法抱術 현법포술

법은 공포하고 치술은 마음속에 간직해야 한다.

無衣不食何存命 무의불식하존명

法術非全何可政 법술비전하가정

無法臣民作亂場 무법신민작난장

有宮無術群臣盛 유궁무술군신성

안 입고 안 먹으면 어떻게 살며

법술을 모두 갖추지 못하면 어떻게 정치하나

법규가 없으면 신하와 백성이 혼란을 일으키고

치술이 없으면 군신이 임금의 눈을 가린다

44. 說疑 설의

禁心上治 금심상치

간사한 마음을 갖지 못하게 하는 것이 최상의 정치이다.

治國安家非賞罰 치국안가비상벌

操心禁事于先發 조심금사우선발

除仁去智禦私言 제인거지어사언

天下臣民無悖越 천하신민무패월

나라를 다스리는 데 상과 벌이 최고가 아니며

간사한 마음을 갖지 않고 사악한 짓을 못하게 하는 것이 가장 중요한 것

유가의 인의와 지혜를 제거하고 사사로운 말을 못하게 하면

세상 사람들은 법에서 어긋나지 않게 된다

45. 詭使 궤사

廢私立公 폐사입공

사사로운 학술을 없애고 공공의 법을 세운다.

聖人治道正論名 성인치도정론명

利祿威權得萬萌 이록위권득만맹

烈士賢徒扶混亂 열사현도부혼란

廢私立法示公平 폐사입법시공평

성인의 정치 방법은 논의의 명분을 바로 하는 것인데

포상과 권위로 만백성의 민심을 얻는다

열사나 현명하다는 사람들은 오히려 혼란을 부추기는 사람들이니

사학을 폐지하고 공법을 세워 공평함을 보여준다

46. 六反 육반

君重民輕 군중민경

임금이 중시하는 것을 백성은 경시한다.

畏死逃奔重貴生 외사도분중귀생

臨危殉節不知爭 임위순절부지쟁

世人稱讚違君主 세인칭찬위군주

爲國必需百姓輕 위국필수백성경

죽음이 두려워 도망친 것을 백성들은 목숨을 귀하게 여기는 것이라 변명하고

위험한 곳에서 목숨을 바친 것을 싸울 줄 모르는 것이라고 비난한다

세상 사람들이 칭찬하는 것은 오히려 임금에게는 반대되고

나라를 위해 반드시 필요한 것을 백성들은 경시한다

47. 八說 팔설

息仁明法 식인명법

공자 묵자의 인을 버리고 법술세의 방법을 써야 한다.

枉法親私害國家 왕법친사해국가
輕仁重術備奸邪 경인중술비간사
無能孔墨亡根本 무능공묵망근본
餓虎飢彪曷服牙 아호기표갈복아

법을 왜곡하여 사사롭게 사용하는 것은 국가를 해치는 것이니
사랑을 버리고 법술을 중히 하여 간사함을 방비한다
공자 묵자는 백성들 먹고 사는 데 무능하여 근본을 잃었으니
배고픈 백성을 어떻게 다스릴 수 있겠는가

48. 八經 팔경

因情設法 인정설법

인정에 따라 법을 제정해야 한다.

因情好惡生權柄 인정호오생권병

統制如天公正政 통제여천공정정

用術如神隱密行 용술여신은밀행

叢民會智嚴君命 총민회지엄군명

인정에 좋아하고 싫어함이 있기에 상벌이 생기는 것이니

권력을 행사함은 하늘처럼 공정하게 해야 한다

치술을 사용함은 귀신처럼 은밀하게 하고

백성과 지혜를 모아 임금의 명령을 엄중하게 한다

49. 五蠹 오두

世異處殊 세이처수

세상이 변하면 일을 처리하는 방법도 달라져야 한다.

文王仁義不通常 문왕인의불통상
世異事殊變處方 세이사수변처방
使吏爲師教法典 사리위사교법전
除儒去俠防災殃 제유거협방재앙

문왕의 인의 도덕정치는 늘 통하지 않으니
세상이 달라지면 일도 달라져 처방을 달리 해야 한다
관리를 스승으로 삼아 법전을 가르치고
제자백가를 제거하여 재앙을 방지해야 한다

50. 顯學 현학

顯學亂世 현학난세
유가와 묵가의 학설이 세상을 어지럽힌다.

孔墨皆言備古仁 공묵개언비고인
唐堯不復曷論眞 당요불부갈논진
明君不信愚誣學 명군불신우무학
度法知均率萬民 탁법지균솔만민

공자와 묵자는 모두 옛날의 인의를 본받았다고 하나
요순은 다시 부활할 수 없으니 어떻게 진위를 논할까
현명한 군주는 어리석고 황당한 학설을 믿지 않으며
법을 헤아려 공평함을 알고 백성을 인도한다

51. 忠孝 충효

舍賢任法 사현임법

현인을 버리고 법에 맡긴다.

崇賢任智弑君親 숭현임지시군친

守法從公治暴人 수법종공치폭인

父子非爭取眷率 부자비쟁취권솔

君臣不競奪良民 군신불경탈량민

현인을 높여 지혜에 맡기면 임금과 어버이를 시해할 수 있지만

법을 지켜 공정하게 집행하면 폭도도 다스린다

부자는 가족을 빼앗으려 다투는 사람들이 아니고

군신은 백성을 빼앗으려 다투는 사람들이 아니다

52. 人主 인주

失勢殆位 실세태위

위세를 잃으면 군왕의 지위가 위태롭다.

虎豹無牙何制獸 호표무아하제수

君王失勢何攻守 군왕실세하공수

當途近習得權威 당도근습득권위

擅恣專爲偏左右 천자전위편좌우

호랑이에게 이빨과 발톱이 없으면 어떻게 백수를 제압하며

임금에게 위세가 없으면 어떻게 군신을 제압하랴

측근의 권신들이 위세를 얻으면

멋대로 전횡하여 임금을 좌지우지한다

53. 飭令 칙령

任功授賞 임공수상

공에 따라 상을 준다.

禁止姦言由法令 금지간언유법령

公平治政無紛諍 공평치정무분쟁

任官授爵合功勞 임관수작합공로

處罰行刑當惡行 처벌행형당악행

간언 금지하는 것을 법령으로 하니

공평한 법치는 혼란스런 간쟁이 없다

신하에게 벼슬을 내리는 것은 공로에 합당하게 하고

처벌하는 것은 악행에 맞게 한다

54. **心度** 심도

刑勝利民 형승이민

형벌이 상보다 크면 백성에게 이롭다.

治國無常與世宜 치국무상여세의

時移法變與民期 시이법변여민기

多情繁賞虧人性 다정번상휴인성

制欲嚴刑罰閉私 제욕엄형벌폐사

나라를 다스림에는 늘 같은 것이 없으니 세상에 따라
마땅히 해야 하고

때에 따라 법을 변화시켜 백성들의 기대에 부응해야 한다

인정에 이끌리어 상을 많이 주면 백성이 게을러지니

욕심을 제어함과 엄한 형벌로 사사로움을 처벌한다

55. **制分** 제분

制度分爵 제도분작

지위를 정하여 벼슬을 등급화 한다.

嚴刑重罰禁私爭 엄형중벌금사쟁

厚賞輕行失事衡 후상경행실사형

任數思功分爵祿 임수사공분작록

去言取法得人情 거언취법득인정

엄한 형벌은 사사로운 싸움을 금하고

후한 상과 가벼운 행동은 공로와의 형평성을 잃는다

법도에 따라 공을 헤아려 벼슬과 녹봉을 나누고

현인의 말을 버리고 법에 따르면 민심을 얻는다

11. 사마천

사마천司馬遷(약B.C.145~86)의 성은 사마司馬이고, 이름은 천遷이다. 대대로 사관을 지낸 집안에서 태어났다. 그는 이릉李陵 장군을 변호하다 한무제의 노여움을 사서 B.C.99년 궁형을 당하였다. 그로 인해 죽으려 하였으나 부친 사마담司馬談이 『사기』를 완성하라는 유언을 하였기 때문에 모든 치욕을 참으며 B.C.90년에 『사기』 130편을 완성하였다.

현존하는 『사기』는 사마천이 주로 집필한 것이지만, 그의 부친 사마담의 「논육가요지論六家要指」 등 일부 저술이 포함되어 있다. 그리고 훗날 저소손褚小孫이 증보한 부분도 있다. 사마천은 『사기』 130편을 쓴 목적이 "자연과 인간의 관계를 연구하고, 고금의 인류 역사의 변화를 관통해 봄으로써, 일가一家의 학설을 이루려는 데 있다"(究天人之際, 通古今之變, 成一家之言. 『漢書』「司馬遷傳」)고 말했다. 그렇게 하여 "나는 황제黃帝로부터 태초(太初, B.C.104~101)에 이르기까지 사실史實을 역술歷述하였으니, 모두 130편이다." 라고 말한 것처럼, 그는 상고 시대부터 당시까지 존재하던 3천여 년 간의 각종 기록과 유물・유적을 확인하고, 그들을 본기 12편・표 10편・서 8편・세가 30편・열전 70편(열전 70편에는 「太史公自序」 포함)으로 각각 정리하여 춘추전국 시대의 제자백가들처럼 새로운 세계관을 창출하고자 한 것이다. 특히 「태사공자서」 부분은 그의 집필 목적과 방법 그리고 구성 내용 등이 들어 있는 해제解題로서 자신과 부친 사마담의 역사 철학의 정화精華이기 때문에, 『사기』 130편은 오히려 그의 역사 철학적 주장의 근거인 셈이다.

세계관적 목적을 건립하고 그 실천 방법을 찾아내어 하나의 학설을 세우려던 사마천은 천인天人 관계와 역사 교훈 속에서 피로疲勞・권태倦怠로 인하여 발생하는 역사의 피로 현상을 발견하고, 그것을 풀기 위해 찾아낸 주요 방법으로 승폐통변承敝通變이라는 치유학적 처방을 했다. 이런 통찰력으로 볼 때, 그는 결코 말과 사건만을 기록하는 단순한 사관史官이 아니었으며, 오히려 다른 제자백가처럼 위대한 사상가로서 사가史家라고 볼 수 있다.

본문에서는 맨 앞에 『사기』 전체를 총괄하는 것과 본기12편 · 표10편 · 서8편 · 세가30편 · 열전70편을 각각 한수로 지었다.

주요 개념어 :
究天人之際, 通古今之變, 成一家之言 · 承敝通變 · 疲勞 · 倦怠

편명과 주제

1. 史記 : 考史察記 고사찰기
   사마천은 천지고금을 고찰하여 하나의 학문세계를 열었다.
2. 十二本紀 : 先傳後繼 선전후계
   선대 임금이 전하고 후대 임금이 계승한다.
3. 十表 : 朝代系統 조대계통
   조대별로 계통을 세웠다.
4. 八書 : 承敝通變 승폐통변
   폐단을 고쳐 새로운 변화에 통하게 한다.
5. 三十世家 : 一盛一衰 일성일쇠
   만사는 한번 홍성하고 한번 쇠망하는 것이다.
6. 七十列傳 : 水流石露 수류석로
   역사가 흘러가고 난 후 위인들은 자기 모습을 드러낸다.

1. **史記** 사기

考史察記 고사찰기

사마천은 천지고금을 고찰하여 하나의 학문세계를 열었다.

窮天究地貫人材 궁천구지관인재

考古知今察未來 고고지금찰미래

救蔽更新應萬變 구폐경신응만변

通時達道一門開 통시달도일문개

천지를 궁구하고 인간을 관통하며

고금을 알고 미래를 통찰한다

폐단을 고쳐 새롭게 하여 만물의 변화에 적응하고

시대에 통하고 진리에 도달하여 하나의 학문 세계를

열었다

2. 十二本紀 십이본기

先傳後繼 선전후계

선대 임금이 전하고 후대 임금이 계승한다.

五帝相傳尊德令 오제상전존덕령

殷人事鬼遵天命 은인사귀준천명

周王制禮立仁文 주왕제례입인문

漢帝承通從大聖 한제승통종대성

오제(黃帝, 顓頊, 帝嚳, 堯, 舜)는 덕령을 존중하고

은대에는 귀신을 섬기고 하늘을 받들었다

주대에는 예악을 제정하여 인의의 문화를 건설하고

한대에는 승폐통변承敝通變하기 위해 성현을 받들었다

3. 十表 십표

朝代系統 조대계통

조대별로 계통을 세웠다.

朝代興亡無可避 조대흥망무가피

燒書滅器如何記 소서멸기여하기

連年結表要先王 연년결표요선왕

察部觀全言大義 찰부관전언대의

조대의 흥망은 피할 수 없는 것

책이 타고 기물이 파괴되면 어떻게 기록하나

연대를 연결하여 표로 만들어 선대를 요약하며

부분과 전체를 함께 보고 대의를 말했다

4. 八書 팔서

承敝通變 승폐통변

폐단을 고쳐 새로운 변화에 통하게 한다.

禮樂人情或逆違 예악인정혹역위

天文律曆可相離 천문율력가상리

千民萬物常神變 천민만물상신변

觀時察代順推移 관시찰대순추이

예악이 인정에 역행할 수 있고

천체의 변화는 율력과 어긋날 수 있다

사람과 만물이 늘 신묘하게 변하니

시대를 고찰하여 만물 변화에 순응한다

5. 三十世家 삼십세가

一盛一衰 일성일쇠

만사는 한번 홍성하고 한번 쇠망하는 것이다.

十八星辰回一軌 십팔성신회일궤

世家保國扶天子 세가보국부천자

封土授爵治中原 봉토수작치중원

覇者如何存玉璽 패자여하존옥새

뭇별들이 하나의 북극성을 중심으로 맴돌듯

세가들은 나라를 지키며 천자를 받들었다

천자가 봉토와 벼슬을 준 것은 천하를 다스리기 위함인데

패도 정치하는 사람들은 어떻게 보위를 보존할꼬

6. 七十列傳 칠십열전

水流石露 수류석로

역사가 흘러가고 난 후 위인들은 자기 모습을 드러낸다.

英雄俊傑驚天下 영웅준걸경천하

聖道賢行馴鄙野 성도현행순비야

霹靂雷聲動一時 벽력뇌성동일시

暴風驟雨遺淸灑 폭풍취우유청쇄

영웅호걸은 천하를 놀라게 하고

성현의 지혜는 속세를 순화시켰다

혼란스런 당시는 뭔지 알 수 없으나

진정한 위인은 역사가 흐른 뒤에야 모습을 드러낸다

작업후기

大夫師事
孟僖子曰吾聞聖人
之後若不當世必有
達者今孔子年少好
禮其達者與我即歿
汝必師之故孟懿子
與南宮敬叔師事孔
子

작업 후기

1.

필자는 2004년 2월 2일부터 2007년 2월 1일까지 그야말로 만 3년 동안 7가家 11인人의 글 390편장을 340수의 시문으로 정리하고 나서 만감이 교차했다. 제자백가들의 글을 읽는 동안 수많은 철학 사상을 보면서 보석을 줍는 것처럼 흥분된 적도 있었다. 그리고 누구의 말이 맞는 것인지 생각할 때는 혼란스러워 머릿속이 온통 고춧가루를 뿌려 놓은 것처럼 얼얼하기도 했다. 필자는 제자백가 철학 사상을 무연無然이란 개념으로 총괄하여 다음과 같이 총정리를 해보았다.

<無然>

管仲經營牧萬民 관중경영목만민

知廉覺恥濟寒貧 지렴각치제한빈

仲尼教學宗賢聖 중니교학종현성

據道根經育大仁 거도근경육대인

孟子盡心知性命 맹자진심지성명

由仁養德樂人倫 유인양덕낙인륜

荀卿禮義明天下 순경예의명천하
化性成文治野人 화성성문치야인

老子無爲歸素朴 노자무위귀소박
希言默行敎玄眞 희언묵행교현진
莊周懸解遊塵外 장주현해유진외
寓意重言備隱伸 우의중언비은신

列子逍風離俗世 열자소풍이속세
喜憂善惡不勞身 희우선악불로신
孫武戰道從天地 손무전도종천지
鬼甲神兵息戰輪 귀갑신병식전륜

墨翟崇天無遠近 묵적숭천무원근
尙同兼愛盡親隣 상동겸애진친린
韓非法術均權勢 한비법술균권세
敎法齊民治萬論 교법제민치만론

司馬傳言成史記 사마전언성사기
通時大義貫千鱗 통시대의관천린
嗚呼諸子明眞理 오호제자명진리
後學何如暗太因 후학하여암태인

관자는 국가경영으로 백성을 먹여 살려
예의염치를 알게 하고 가난을 구제했다
공자의 인의교육은 성현을 종주로 삼고
도와 경전에 근거하여 어진이를 길렀다

맹자는 본심을 다해 본성과 천명을 깨우치고
어진 본성대로 덕을 길러 사람의 도리를 좋아했다
순자는 예의로 천하 질서를 밝히고
타고난 성품을 교화하여 거칠은 백성을 다스렸다

노자는 억지로 하는 것 없이 본연으로 돌아가
묵묵히 행하며 자연의 도를 가르쳤다
장자는 인위에서 해방되어 자연 속에서 노닐며
은근히 빗대어 세상을 비판했다

열자는 자연에서 노닐다가 아예 속세를 떠나
인간사에 심신을 수고롭게 하지 않았다
손자의 승전의 원리는 천지의 도를 따랐고
신묘한 용병술은 전쟁을 멈추게 했다

묵자는 하늘의 뜻을 받들어 친소원근이 없게 하며
이웃을 똑같이 사랑하였다

한비자의 법술은 임금의 권세를 균형 있게 하였고
백성에게 법을 가르쳐 제자백가의 논의를 다스렸다

사마천은 전해오는 이야기를 사기로 지었는데
통시대적 대의명분으로 고금의 역사를 관통했다
아! 제자백가들은 이렇게 참된 이치를 밝혔는데
나는 어찌하여 근본 원리에 어두운가

2.

제자백가諸子百家란 일반적으로 시대는 춘추전국시대(기원전 8세기~기원전 3세기), 제자는 많은 성현, 백가는 많은 학파를 말한다. 사마담司馬談은 「논육가요지」論六家要指에서 음양・유・묵・명・법・도가로 분류하였고, 반고班固는 『한서』「예문지」(漢書・藝文志)에서 유향劉向・유흠劉歆 부자의 『칠략』七略(輯略, 六藝略, 諸子略, 詩賦略, 兵書略, 術數略, 方技略)을 요약 정리했다. 거론된 제자백가의 명칭은 유가・도가・음양가・법가・명가・묵가・종횡가・잡가・농가・소설가 등 모두 10가家이며, 그 시대는 춘추시대부터 서한시대까지이다.

『한서』「예문지」는 '제자10가'諸子十家를 유가儒家(53家)・도가道家(37家)・음양가陰陽家(21家)・법가法家(10家)・명가名家(7家)・

묵가墨家(6家)·종횡가從橫家(12家)·잡가雜家(20家. 병법 포함)·농가農家(9家)·소설가小說家(15家) 등 모두 189가(저술 중심으로 세분한 것으로서 축국일가蹴鞠一家를 제외한 총계)로 분류하고 총 저술 편수는 4,324편이라고 했다. 그중 소설가는 내용이 백성들의 평범한 이야기로서 가담항어街談巷語이기 때문에 학술적 근거가 없어 제자백가로 인정할 수 없다는 것이다. 그렇기 때문에 제자는 모두 9가家 즉 9개 학파뿐이라 했다.

「예문지」가 기본적으로 189가의 4,324편을 '제자10가'로 크게 분류한 기준은 조정의 관직 중심으로 하되 학문적 주제와 방법의 유사성을 고려한 것이다.[1] 그렇게 한 결과 「예문지」는 『관자』管子를 관자筦子라는 이름으로 제자략諸子略의 10가 중 도가에 분류했고, 손자의 『손자』 역시 도가에 분류한 『손자』16편인 것 같고, 사마천의 『사기』 130편을 태사공130편이란 이름으로 육예략六藝略의 6예 중 춘추 분야에 분류했다.

필자는 이에 동의하지 못하는 부분이 있다. 반고는 소설가의 저술이 백성들의 평범한 가담항어街談巷語이기 때문에 뺐다고 하지만, 그런 평범한 민담 속에 진리가 들어 있는 것은 아닌가?

---

1) 『한서』「예문지」에서 儒家는 司徒之官, 道家는 史官, 陰陽家는 羲和之官, 法家는 理官, 名家는 禮官, 墨家는 淸廟之守, 從橫家는 行人之官, 雜家는 議官, 農家는 農稷之官, 小說家는 稗官에서 나왔다고 말했다. 이것이 소위 王官說이다.

『관자』에 도가적 요소가 있어도 관자가 노자보다 50년은 선배인데 어떻게 후배의 학설로 선배를 규정할 수 있는가? 『손자병법』으로 알려진 『손자』는 군사학과 관련된 병가의 병서인데 도가에 분류할 수 있는가? 또 사마천은 과거 3천년의 역사를 정리하면서 그의 집필 정신과 기준을 육경에 두고 사리史理를 밝히려 했는데, 그를 단순히 역사 기록이나 하는 사관으로 보라는 것인가?

필자는 관자와 손자 그리고 사마천의 저작 주제와 방법을 중심으로 새롭게 분류하고자 한다. 즉 관자가 국가 경영과 관리를 주제로 하나의 학문 체계를 정립했기 때문에 그를 병가兵家로 분류하며, 사마천이 역사를 주제로 하나의 학문 체계를 정립했기 때문에 그를 사가史家로 분류한다. 이전에도 필자는 「예문지」의 왕관설王官說에 반대하여 육경설六經說을 주장하였다. 제자백가의 분류하는 기준을 그들이 배운 학문적 근원으로 해야지 관직으로 하면 그것은 거리가 멀다.2) 마찬가지로 제자백가의 학문적 기준상 그 내용과 방법이 독특할 때 별도 영역으로 분류하여 인정하는 것은 마땅하다. 그래서 필자는 『한서』 「예문지」의 제자10가諸子十家에 소설가를 포함시키는 것은 물론 관가管家와 병가兵家 그리고 사가史家를 추가하여 '유가 · 도

2) 졸저, 『六經과 孔子仁學』, 서울, 예문서원, 2003. 276~279쪽

가·음양가·법가·명가·묵가·종횡가·잡가·농가·소설가·관가·병가·사가' 등 모두 제자13가諸子十三家로 재편해야 한다고 본다.

3.

필자는 1992년부터 중국철학을 내용(What) 중심에서 방법(How) 중심으로 전환하여 선진시대의 제자백가에서부터 송·명대에까지 이르렀다. 그 과정에서 수많은 철학자들의 독특한 철학적 방법을 보았으며, 그에 의해 발굴된 그들만의 정신세계가 있음도 보았다. 중국 역대 철학자들은 각기 철학적 사고를 한 결과물을 동사로서의 철학이 아닌 명사로서의 철학으로 남겨놓았다. 우리는 그들을 배우고 있으며 승선계후承先繼後하는 연구를 계속하고 있다. 그러나 그렇게 하는 것은 이미 명사로서의 철학을 공부하는 것이기 때문에 오히려 우리가 동사로서의 철학을 하는 데 방해가 될 수 있다. 그들의 방법을 따르는 한 그에 구속될 수밖에 없고, 그를 극복하고 넘어서는 생각을 하기 어렵기 때문이다.

이미 동서고금의 수많은 철학적 방법이 시도되었고, 앞으로도 계속될 것이다. 그러나 필자는 우리가 역대 중국 철학자들의 글을 읽고 그 속에서 그들과 다른 철학적 방법을 찾는다는 것은 거의 불가능하다고 본다. 필자가 새로운 철학적 방법을 모색하기 위한 제1단계의 연구 방법은 『중국철학방법사』를 집필하는 과정이었다면, 제2단계는 제자백가의 글을 시문화하는 과정이라고 말할 수 있다. 필자는 2001년 8월부터 한시 공부를 시작하였는데, 그것은 새로운 철학적 방법을 모색하는 데 커다란 전환점이 되었다. 그 전환점은 바로 새로운 시어를 개발하듯이 새로운 철학 개념을 생각하기 시작한 데 있었다.

시를 지을 때 새로운 개념을 찾아 새롭게 표현하지 못하면 그 시구는 과거의 것과 다르지 않게 된다. 또 새로운 주제를 발견하지 못하면 새로운 개념을 찾아내도 그것은 단지 하나의 단어일 뿐이다. 또 새로운 철학 세계를 발견하지 못하면 새로운 주제를 발견해도 그것은 단지 하나의 단상斷想일 뿐이다.

어떻게 새로운 철학 세계를 창조하며 새로운 철학적 개념을 개발할 것인가? 필자는 기본적으로 철학의 세계는 발견하는 것이 아니라 개발하고 창조하는 것이라고 본다. 철학의 세계는 자기가 자신의 정신 영역을 넓혀가는 것이지, 신천지처럼 어디에 있는 것을 발견하는 것이 아니라고 보기 때문이다. 아무런 전제 없이 나의 정신 영역을 넓혀가는 데는 시를 활용하는 것이 좋다. 시적 상상은 무한 상상이 가능하기 때문이다. 시적 상상은 기본적으로 시문을 출발점으로 한다. 그렇기 때문에 어떤 종류의 시문을 가지고 상상하느냐에 따라 다른 결과물을 생산해낼 수 있다. 고전을 정리한 시문의 경우 그 출발점은 이미 고전에 있게 되므로 그로부터 한 발짝만 더 나아가도 진보하는 것이 된다. 그래서 필자는 독자들이 시문을 읽으면서 다시 정보취득 위주로 되돌아가지 않기를 바란다. 학술 정보를 위주로 하면 우리는 영원히 제자백가들의 사고에서 한 발짝도 벗어나지 못할지도 모른다.

어떠한 방법으로든지 새로운 정신세계를 개발해내면 된다. 새로운 정신세계를 개발한 후 다른 사람이 알 수 있게 표현하면 될 것이다. 학술 방식을 원하는 사람에게는 학술적으로 표현하면 되고, 행동으로 보여주길 원하는 사람에게는 행동으로 표현하면 될 것이다.

예컨대 부자집 옆에 사는 사람은 자기의 물건이 부족해서 느끼는 스트레스보다는 상대적으로 가난하다고 느끼는 열등감 때문에 스트레스를 많이 받는다고 한다. 이제 우리는 제자백가와 비교해서 받는 중압감을 털어내고 그들 바깥에서 자유로운 시적 상상으로 새로운 철학 개념을 창조해 내야 할 것이다. 다음은 제자백가를 340수의 시문으로 정리하고 난 감상이다.

自周至漢千餘年 자주지한천여년
諸子百家有聖賢 제자백가유성현

道術論爭遺雅韻 도술논쟁유아운
經文寶册四千篇 경문보책사천편

分名定義陳評釋 분명정의진평석
洞察明觀得妙詮 통찰명관득묘전
一句詩文開萬想 일구시문개만상
無然不企闢新天 무연불기벽신천

주대부터 한대까지 천여 년
제자백가 중에는 성인과 현인이 있었다
도술 논쟁은 주옥같은 말을 남겼는데
경문과 서책이 4천여 편

개념을 분석 연구하고
명확히 통찰하면 묘한 해석은 얻을 수 있으리
하지만 한구절의 시문도 무한 상상의 세계를 열어주니
무연하게 아무런 전제가 없으면 신천지를 개척할 수 있으리

4.

춘추전국시대에 병사들이 병기를 가지고 전쟁을 했다면, 제

자백가들은 개념을 가지고 사상 전쟁을 한 것이다. 제자백가의 책을 한장한장 읽으면서 그들이 사용했던 수많은 개념을 보면서 신기하다는 생각이 많이 들었다. 학문이 부족하여 종전에 한 번도 듣도 보도 못한 개념들이었기 때문이다.

제자백가가 사용한 주요 개념을 가능한 한 시어로 활용하였다. 평측법 때문에 다른 말로 전환한 것도 많이 있지만 기본 의미의 세계는 그대로 유지하려 했다. 제자백가가 사용한 개념중 가장 출중한 것은 무엇인가? 하나의 개념으로 말하기는 어렵지만, 형태로 분류하면 부정어에 속하는 개념들이다. 즉 사물을 부정어로 간접 표현하는 것이다.

일반 사물을 직접 지시하는 개념들은 일사일물一辭一物의 관계를 갖기 때문에 제한을 받는다. 비록 그것이 도道처럼 추상개념이거나 물物처럼 포괄적 개념이거나 모두 지시영역과 일대일의 관계가 있다. 그러나 부정어로 표현되는 것은 그렇지 않다. 물론 상대적 부정의 의미로 사용되는 경우는 부정한 영역 바깥으로 나가지 못한다. 상대적 부정이 아닌 무규정성을 가지는 것으로 사용하면 도저히 공격할 수 없게 된다. 마치 헬리콥터가 달나라로 날아갈 수 없는 것처럼 개념 공격이 불가능해진다. 그렇게 개념 전쟁에서 제자백가나 고전에서 사용한 최고의 비밀 병기는 바로 부정어이다.

필자가 고전을 시문화하고 활용하는 속에서 얻은 부정어법의 최고 비밀 병기는 무엇인가? 『시경』의 무연無然이란 시어이며, 그를 통해 무연관無然觀이라는 관물법觀物法을 얻었다. 무연관은 과거 그 어떤 개념에도 구속받지 않도록 하였다. 구속받게 된다면 그것은 더 이상 새로운 것이 아니기 때문이다. 철학이란 만물에 대한 보다 근원적인 이유를 찾아내어 만물을 새롭게 이해하고 규정하는 학문이다. 만약 찾아낸 이유가 종전과 같은 것이라면 그것은 새로운 철학이 될 수 없다. 또 새로운 이유를 찾아냈다 하더라도 그것을 새로운 개념으로 규정하지 않으면 과거의 철학과 차별화할 수 없다. 그래서 리케르트(Rickert)는 자연과학은 일반적 방법에 의해 자연현상으로부터 법칙을 세우고, 문화과학은 개별적 방법에 의해 즉 초월적 가치를 기초로 하여 사물의 반복되지 않는 일회적 개별성을 선택하여 기술한다고 말했다.

필자가 무연관無然觀으로 바라본 세계는 유가의 인, 도가의 도, 묵가의 겸애, 법가의 법은 물론 불가의 자비, 기독교의 박애 등은 서로 닫힌 듯 열린 것이다. 뿐만 아니라 현대 과학에서 고민하는 물질계에 대해서도 마찬가지로 모두가 닫힌 듯 열린 세계관으로 해석하는 것이다. 여기서 필자가 말하는 무연관은 단지 관물법觀物法만이 아니라, 새로운 것을 창조하는 상상 활동이며, 삶의 태도를 말하는 것이다.

5.

시는 절제의 예술이다. 최소한의 표현으로 최고의 전달을 추구하는 절제의 예술이 많지만, 시는 몇 마디 언어로 독자들의 집중력을 높이는 절제 예술이다. 제자백가의 수많은 저술을 340수로 정리했지만 사실은 그것도 너무 많다. 말은 정신의 소비이다. 절제된 언어생활 속에서 내공을 쌓는 데 이 글이 오히려 독이 되지 않을까 염려된다. 제자백가서를 한마디로 말한다면 무연無然뿐인데 …….

◎ 참고서목 ◎

1. 일반 참고도서

南宋, 嚴羽, 滄浪集(四庫全書本).

清, 姚際恒, 詩經通論.

阮元, 揅經室集, 四部叢刊集部 90권.

원형갑, 詩經과 性(上,下), 서울, 한림원, 1994.

柳泰洙, 詩의 認識에 關한 硏究, 서울, 서울大學校 大學院 現代文學硏究會, 1977.

柳時煜, 시의 원리와 비평, 서울, 새문사, 1991.

金大幸, 韻律, 서울, 문학과 지성사, 1990.

서우석, 詩와 리듬, 서울, 文學과 知性社, 1985.

Hamilton Fyfe 著; 金載弘 譯, (아리스토텔레스)詩學, 서울, 평민사, 1984.

J.R. 크루저 著, 權鍾濬 譯, 詩의 要素, 서울, 學文社, 1983.

金宗吉, 詩論, 서울, 探求堂, 1970.

權奇浩, 詩論, 서울, 學文社, 1983.

李炳基, 漢詩作法, 서울, 보고사, 1996.

金相洪, 漢詩의 이론, 서울, 고려대학교 출판부, 1997.

洪瑀欽 編譯, 漢詩韻律論, 경산, 嶺南大學校出版部, 1983

呂基鉉 편역, 중국고대악론, 서울, 태학사, 1995.

차주환, 중국시론, 서울, 서울대출판부, 1989.

허세욱, 중국고대문학사, 서울, 법문사, 1987.
康曉城, 先秦儒家詩教思想研究, 臺北, 文史哲出版社, 1988.
成復旺 외, 中國文學理論史, 北京, 北京出版社, 1987.
徐復觀, 中國藝術精神, 臺北, 學生書局, 1981.
徐復觀, 中國文學論集, 臺北, 學生書局, 1980.
張蕙慧, 儒家樂教思想研究, 臺北, 文史哲出版社, 1985.
詩序辨說, 臺北, 藝文印書館.
劉若愚저, 이장우 역, 中國詩學, 서울, 범학도서, 1976.
楊隱, 中國音樂史, 臺北, 學藝出版社, 1980.
林葱, 中國音樂史提要, 臺北, 學藝出版社, 1982.
王光祈, 中國音樂史, 上海, 中華書局・上海書店, 1989.
裵普賢, 詩經研讀指導, 臺北, 東大圖書, 1977.
裵普賢, 糜文開 共著, 詩經欣賞與研究(1～4), 臺北, 三民書局, 1964.
M.하이데거 저, 蘇光熙 譯, 詩와 哲學(횔더린과 릴케의 시세계), 서울, 博英社, 1975.
金埈五, 詩論, 서울, 三知院, 2003.
이기동, 시경강설, 서울, 성균관대학교 출판부, 2007.

이민수, 제자백가, 서울, 박영사, 1976.
김종무, 제자백가, 서울, 삼성미술문화재단, 1978.
정종복, 제자백가, 서울, 집문당, 1980.
이민수, 신역제자백가, 홍신문화사, 1986.
카이즈카 시게키, 제자백가, 서울, 까치, 1989.

김영수, 제자백가, 서울, 일신서적출판사, 1991.
송영배, 제자백가사상, 서울, 현음사, 1994.
先秦諸子的若干研究, 저자, 출판사 불명.
錢穆, 先秦諸子繫年(상,하), 臺北, 三民書局, 1981.
嵇哲, 先秦諸子學, 臺北, 洪氏出版社, 1982.
龔樂群, 三家六子四論, 臺北, 協同印刷有限公司, 1978.
余家菊 等著, 先秦諸子學五種, 臺北, 出版社 年度 불명.

2. 관 자

이상옥 역, 관자, 명문당, 1985.
김필수, 고대혁, 장승구, 신창호 역, 관자, 서울, 소나무, 2006.
管子(新編諸子集成本), 臺北, 世界書局, 1983.
翟江月, 관자, 광서사범대학, 출판연도불명.
金忠烈, 管仲의 政經思想과 哲學史的 位相, 大東文化研究 제 25집.

3. 공자, 맹자, 순자

金學主 譯, 詩經, 서울, 探求堂, 1981.
尹永春 譯解, 詩經, 서울, 한국교육출판공사, 1984.
馬持盈, 詩經今註今譯, 臺北, 臺灣商務印書館, 1988.
朱子, 詩集傳, 四庫全書本.

朱子註, 成百曉 譯註, 詩經集傳, 서울, 전통문화연구회, 1993.
韓嬰 저, 임동식 역, 韓詩外傳, 서울, 예문서원, 2000.
周弼, 伯弜, 三體詩, 漢文大系 2卷, 東京, 富山房, 明治43年.
向熹 篇, 詩經詞典, 四川人民出版社, 1987.
이기동, 논어강설, 서울, 성균관대학교출판부, 2006.
이기동, 맹자강설, 서울, 성균관대학교출판부, 2005.

朱子, 四書集註, 臺北, 世界書局, 1982.
蔣伯潛 廣解, 四書讀本, 臺北, 開明書局.
謝冰瑩 等 編譯, 新譯四書讀本, 臺北, 三民書局, 1980.
成百曉 譯註, 論語集註, 서울, 傳統文化研究會, 1993.
金忠烈, 儒家倫理講義, 서울, 예문서원, 1994.
金忠烈・孔繁 外 共著, 孔子思想과 21세기, 서울, 동아일보사, 1994.
韓國孔子學會, 孔子思想과 現代, 서울, 도서출판 思社研, 1985.
尹絲淳 外 共著, 孔子思想의 發見, 서울, 民音社, 1992.
H.G. 크릴 著, 李成珪 譯, 孔子, 인간과 신화, 서울, 지식산업사, 1983.
柳紹伋, 孔子思想體系, 臺北, 中華文化傳播雜誌社, 1984.
黃公偉, 孔孟荀哲學證義, 臺北, 幼獅文化事業公司, 1975.
吳康, 孔孟荀哲學, 臺北, 台灣商務印書館, 1982.
蔡仁厚, 孔孟荀哲學, 臺北, 臺灣學生書局, 1984.
屈萬里, 尙書釋義, 臺北, 中國文化大學出版部, 1980.
牟宗三, 中國哲學的特質, 臺北, 臺灣學生書局, 1980.

牟宗三, 道德的理想主義, 臺北, 臺灣學生書局, 1982.
楊慧傑, 仁的涵義與仁的哲學, 臺北, 牧童出版社, 1975.
吳乃恭, 儒家思想硏究, 長春, 東北師範大學出版社, 1988.
南相鎬, 六經과 孔子仁學, 서울, 예문서원, 2003.
朱子, 四書集註, 臺北, 世界書局, 1982.
蔣伯潛 廣解, 四書讀本, 臺北, 開明書局.
謝冰瑩 等 編譯, 新譯四書讀本, 臺北, 三民書局, 1980.
成百曉 譯註, 孟子集註, 서울, 傳統文化硏究會, 1994.
金忠烈, 儒家倫理講義, 서울, 예문서원, 1994.
金炯孝, 孟子와 荀子의 哲學思想, 서울, 三知院, 1990.
黃公偉, 孔孟荀哲學證義, 臺北, 幼獅文化事業公司, 1975.
吳康, 孔孟荀哲學, 臺北, 台灣商務印書館, 1982.
蔡仁厚, 孔孟荀哲學, 臺北, 臺灣學生書局, 1984.
牟宗三, 中國哲學的特質, 臺北, 臺灣學生書局, 1980.
牟宗三, 道德的理想主義, 臺北, 臺灣學生書局, 1982.
劉蔚華 · 苗潤田, 稷下學史, 北京, 中國廣播電視出版社, 1992.
張立文 주편, 김교빈외 옮김, 氣의 철학, 서울, 예문지, 1992.

王先謙 集解, 久保愛 增注, 豬飼彦博補遺, 增補荀子集解, 臺北, 蘭台書局, 1983.
李滌生, 荀子集解, 臺北, 臺灣學生書局, 1981.
尹五榮, 荀子, 서울, 玄岩社, 1978.
金忠烈, 儒家倫理講義, 서울, 예문서원, 1994.
金炯孝, 孟子와 荀子의 哲學思想, 서울, 三知院, 1990.

陳大齊, 荀子學說, 臺北, 華岡出版有限公司, 1971.
鮑國順, 荀子學說析論, 臺北, 華正書局, 1982.
韋政通, 荀子與古代哲學, 臺北, 台灣商務印書館, 1982
周紹賢, 荀子要義, 臺北, 臺灣中華書局, 1977.
陳飛龍, 荀子禮學之研究, 臺北, 文史哲出版社, 1979.
黃公偉, 孔孟荀哲學證義, 臺北, 幼獅文化事業公司, 1975.
吳康, 孔孟荀哲學, 臺北, 台灣商務印書館, 1982.
蔡仁厚, 孔孟荀哲學, 臺北, 臺灣學生書局, 1984.
牟宗三, 名家與荀子, 臺北, 臺灣學生書局, 1982.
徐復觀, 中國人性論史, 臺北, 台灣商務印書館, 1982.

4. 노자, 장자, 열자

장기근 역, 노자, 서울, 삼성출판사, 1976.
오강남 역, 도덕경, 서울, 현암사, 2001.
김학목, 노자도덕경과 왕필주, 서울, 홍익출판사, 2000.
이석명, 백서노자, 서울, 청계, 2003.
이석명, 노자도덕경하상공장구, 서울, 소명출판사, 2005.
諸子百家引得(老子, 莊子), 臺北, 宗青圖書公司, 1986.
河上公 註, 老子道德經, 臺北, 藝文印書館.
老子釋譯, 臺北, 里仁書局, 1983.

郭慶藩, 莊子集釋, 臺北, 華正書局, 1982.

李錫浩, 莊子, 서울, 三省出版社, 1976.
朴鍾浩, 莊子哲學, 서울, 一志社, 1990.
김항배, 莊子哲學精神, 서울, 불광출판부, 1992.
黃秉國, 莊子와 禪思想, 서울, 文潮社, 1988.
金忠烈, 老莊哲學講義, 서울, 예문서원, 1995.
金忠烈, 김충열교수의 노자講義, 서울, 예문서원, 2004.
朴異汶, 老莊思想, 서울, 文學과 知性社, 1990.
李康洙, 道家思想硏究, 서울, 고려대학교민족문화연구소, 1984.
元正根, 道家의 思惟方式, 서울, 법인문화사, 1997.
이효걸・이재권・尹天根 共著, 老莊哲學의 현대적 조명, 서울, 외계출판사, 1990.
劉笑敢 저, 최진석 역, 莊子, 서울, 소나무, 1990.
憨山 著, 오진탁 역, 감산의 장자 풀이, 서울, 서광사, 1991.
嚴靈峰, 老莊硏究, 臺北, 臺灣中華書局, 1979.
鄔昆如, 莊子與古希臘哲學中的道, 臺北, 臺灣中華書局, 1980.
金白鉉, 莊子哲學中天人之際硏究, 臺北, 文史哲出版社, 1981.
鄭世根, 莊子氣化論, 臺北, 臺灣學生書局, 1993.
胡哲敷, 老莊哲學, 臺北, 臺灣中華書局, 1982.
프로이트 저, 김성태 역, 精神分析入門, 서울, 삼성출판사, 1976.
李康洙・鄭仁在・유인희・이동삼 공저, 中國哲學槪論, 한국방송통신대학교출판부, 1993.

김학주 역, 열자, 명문당, 1991.
이원섭 역, (신역) 열자 관자, 서울, 현암사, 1978.

5. 손 자

이종학 역, 손자병법, 서울, 명문당, 1993.

이종학, 전략이론이란 무엇인가(<孫子兵法>과 <戰爭論>), 서울, 서라벌군사연구소, 2002.

박재희, 손자병법과 21세기, 서울, EBS한국교육방송공사, 2002.

孫子(新編諸子集成本), 臺北, 世界書局, 1983.

6. 묵 자

孫詒讓, 墨子間詁, 臺北, 臺灣商務印書館, 1975.

金學主 譯解, 墨子, 서울, 明文堂, 1993.

奇世春, 墨子, 서울, 나루, 1992.

方授楚, 墨家源流, 上海, 上海書店과 中華書局 연합 출판, 1989.

梁啓超, 墨子學案, 臺北, 臺灣中華書局, 1985.

鍾友聯, 墨子的哲學方法, 臺北, 東大圖書有限公司, 1976.

陳拱, 儒墨平議, 臺北, 臺灣商務印書館, 1975.

劉澤之, 墨子思想硏究, 臺北, 天山出版社, 1988.

宇野精一 主編, 林茂松 譯,『中國思想之硏究』3권, 臺北, 幼獅文化事業公司, 1979.

梁啓超, 墨子學案, 臺北, 臺灣中華書局, 1975.

任繼愈, 墨子大全(1집), 北京, 북경도서관, 2002

任繼愈, 墨子大全(2집), 北京, 북경도서관, 2003.

7. 한비자

韓非子(新編諸子集成本), 臺北, 世界書局, 1983.
陳啓天, 增訂韓非子校釋, 臺北, 臺灣商務印書館, 1982.
박건영, 이원규 역해, 韓非子, 서울, 청아출판사, 1993.
王邦雄, 韓非子哲學, 臺北, 東大圖書有限公司, 1979.
謝雲飛, 韓非子析論, 臺北, 東大圖書有限公司, 1980.
嵇 哲, 先秦諸子學, 臺北, 洪氏出版社, 1982.
李康洙, 韓非의 經世思想, 『中國思想論文選集』23권.
咸炳洙, 韓非의 人性論, 『東洋哲學』3輯, 서울, 韓國東洋哲會, 1992.

8. 사마천

楊家駱 主編, 史記, 臺北, 鼎文書局, 1982.
閔斗基 編, 中國의 歷史認識, 서울, 창작과 비평사, 1993. 7판
權重達 역, 杜維運 저, 歷史研究方法論(원저는 史學方法論), 서울, 일조각, 1984.
朴惠淑 편역, 司馬遷의 歷史認識, 서울, 한길사, 1989.
章學誠, 文史通義, 華世出版, 1980.
李長之, 司馬遷之人格與風格, 臺北, 開明書局, 1980.

黃沛榮 篇, 史記論文選集, 長安出版, 1982.
梁啓超, 中國歷史研究法, 臺灣中華書局, 1981.
程金造, 史記管窺, 陝西人民出版, 1986.
文史哲雜誌編輯委員會編, 司馬遷與史記, 中華書局, 1958.
陳桐生, 史記名篇述論稿, 汕頭大學出版社, 1996.
孫德謙, 太史公書義法, 臺北, 世界書局, 1989.
徐復觀, 兩漢思想史, 臺北, 學生書局, 1979.
王國維, 觀堂集林 중「太史公行年考」, 臺北, 河洛圖書出版社, 1975.
소광희, 손동현 역, R.G. Collingwood 저, 역사의 인식, 서울, 경문사, 1985.
李寅浩, 史記 性格에 관한 一考察, 중어중문학 제22집, 1998, 487～504쪽.
崔秉洙, 사마천의 成一家之言에 관하여, 忠北史學 제4집, 1990, 121～156쪽.

남상호 南相鎬

1951년 충북 음성 출생
1979년 고려대학교 철학과 학사
1985년 대만대학 석사
1991년 대만대학 박사
1991년~현재 강원대학교 철학과 교수로 재직중

저서·역서

『동양의 인간이해』(1992, 공저, 형설출판사), 『중국철학방법사』(1997, 강원대학교 출판부), 『법과 인간의 존엄』(1997, 공저, 박영사), 『지성과 실천』(1998, 공저, 강원대학교 출판부), 『원시유가도가철학』(1999, 번역, 서광사), 『현대사회와 동양사상』(2003, 공저, 강원대학교 출판부), 『6경과 공자인학』(2003, 예문서원), 『오서백일송』(2005, 경인문화사), 『노자 81송과 전각』(2006, 공저, 경인문화사)

한시로 만나는 제자백가 값 18,000

2007년 3월 7일 초판인쇄
2007년 3월 17일 초판발행

저　　자 : 남 상 호
발 행 인 : 한 정 희
발 행 처 : 경인문화사
편　　집 : 김 경 주
서울특별시 마포구 마포동 324-3
전화 : 718-4831~2, 팩스 : 703-9711
이메일 : kyunginp@chol.com
홈페이지 : http://www.kyunginp.co.kr
: 한국학서적.kr
등록번호 : 제10-18호(1973. 11. 8)

ISBN: 978-89-499-0471-9 03810